北帰行

北風侍 寒九郎 3

森 詠

時代小説
二見時代小説文庫

目次

北帰行——北風侍《さむらい》寒九郎 3

第一章　明徳《めいとく》道場代表争い

一

秋が終わり、凍えそうな木枯《こが》らしが江戸の町に吹き下ろしていた。

明徳《めいとく》道場では、剣士たちの気合いや床を踏み鳴らす音が響き、いつになく熱気を帯びた稽古が行なわれていた。

「きええい」

裂帛《れっぱく》の気合いとともに、武田由比進《たけだゆいのしん》の軀《からだ》が飛んだ。一気に間合いが切られ、北風寒《きたかぜかん》九郎《くろう》に体当たりをかけた。寒九郎は一瞬気圧《けお》されし、体当たりを避けることが出来なかった。

「メーンッ」

由比進の竹刀《しない》が唸《うな》りを上げて空《くう》を切り、寒九郎の面を打ち据えた。竹刀で受ける間《ま》もなかった。竹刀の先端が打突《だとつ》の勢いそのままに曲がって、寒九郎の後頭部を厳しく叩いた。

寒九郎は遅れて由比進の胴に竹刀を送ったが、有効打突にはならなかった。由比進は飛び退き、残心《ざんしん》していた。

毎年、年の初めに、日枝《ひえ》神社では、幕臣の子弟たちから選ばれた剣士たちによる武芸奉納仕合いが催される。明徳道場からも上位の門弟が選出され、奉納仕合いに出場することになっている。

今年の奉納仕合いには、明徳道場のみならず、江戸市中の町道場からも、腕の立つ剣士が出場することになっている。奉納仕合いで勝ち上がった者は、幕府や有力藩から声がかかり、高禄で召し抱えられる。それだけに、小禄の旗本や身分の低い武家奉公人、仕官を望む浪人者で腕に自信のある武芸者たちが大勢仕合いに出ようと申し込んでいた。

今年は明徳道場からも二人ほどの門弟が選ばれて出場することになっていた。まだ正式な発表がないが、江上剛介《えがみごうすけ》、近藤康吉《こんどうこうきち》の二人が有力視されていた。

「寒九郎、そろそろ止《や》めにしないか」

由比進が竹刀を構えながらいった。

「うむ」

寒九郎はうなずき、竹刀の先を下ろした。由比進も竹刀を下ろし、小脇に携《たずさ》えた。

寒九郎も一緒に竹刀を脇に携え、一礼し合った。

「寒九郎、今日のおまえは、いつもと違うぞ。いつになく剣に乱れがある」

「…………」寒九郎は無言のままだった。

由比進にいわれて、その通りだと寒九郎は思うのだった。

「隙だらけじゃないか。打たれるままになっておるぞ」

「うむ」

寒九郎はうなずいた。

由比進のいう通りだった。本日は道場に打たれに来たようなものだった。己れ自身気迫がない、と分かっていた。

寒九郎は悲しかった。

この悲しみはどこから来るというのか？

いや悲しみではない。虚《むな》しさのほうが正しい。何をやっても空虚感ばかりが心を占める。心にぽっかりと大きな穴が空《あ》いている。

躯が熱っぽく、全身がだるい。何をしても気合いが入らない。食欲もない。

寒九郎は気落ちして、壁際の席に正坐し、籠手《こて》や面《めん》を外した。

「寒九郎、見所《けんぞ》に参れ」

見所に座った師範の郷田宗之介《ごうだそうのすけ》の声が響いた。

「はい」

寒九郎は面や籠手を置き、急いで見所の郷田師範の前に進み出た。

「どうした？　寒九郎、いまの稽古仕合いのざまは何だ？　気力なし、躯の切れなし。いいところはまったくないぞ」

「はい。申し訳ありません」

「どこか具合が悪いのか？」

「いいえ。そんなことはありません」

「せっかく奉納仕合いに、おまえを推薦しようと思っていたのに、今日のような具合では、推薦できぬぞ」

「はい。申し訳ありません」

寒九郎は目を伏せた。何をいわれても、仕方がないと思っていた。

「顔が赤いな。上気しておる。少し熱があるようにも見えるが」

「いえ、そんなことはありません」

寒九郎は頭を左右に振った。

「どうれ」

郷田師範は立ち上がり、寒九郎に歩み寄った。手を寒九郎の額《ひたい》にあてた。

「熱があるぞ。おぬし、風邪《かぜ》をひいたのではないか？」

「大丈夫でござる。これしきの熱……」

寒九郎は風邪といわれ、寒気《さむけ》を覚えた。軀の芯《しん》から震えが込み上げてくる。

「いかん、燃えるように熱い」

郷田師範は寒九郎の額に手をやりながら、大声で師範代の菊地孝太郎《きくちこうたろう》を呼んだ。

「おい、師範代、来てくれ」

門弟たちに稽古をつけていた菊地師範代が稽古をやめ、近くにいた江上剛介に稽古代を頼むと、小走りに見所に駆け付けた。

「何事です？」

「こやつ、熱が出ている」

菊地師範代は寒九郎の額に手をあてた。

「いかん。ひどい熱だ。家に帰して休ませねば」

郷田師範もうなずいた。

「寒九郎、今日は稽古をやめて帰れ」

「師範、だいじょうぶです……」

寒九郎はいいながら激しく咳《せ》き込んだ。

「誰か、水を持って参れ」

師範代が叫んだ。近くにいた東健次朗《あずまけんじろう》と矢野的之介《やのまとのすけ》がさっと身を翻《ひるがえ》して外の井戸に駆け出した。

郷田師範は頭を振った。

「どうりで、本日の寒九郎は動きが鈍かった。そうか。熱のせいか」

菊地師範代が諭《さと》すようにいった。

「寒九郎、大事を取って休め。奉納仕合いにそなえて軀を休めておけ。よいな」

「師範代、これしきの熱に倒れては、武士の名折れ……」

寒九郎は立ち上がろうとした。だが、脚《あし》に力が入らず、咳き込みながら、思わず師範代の肩に手を付いた。

「も、申し訳ありませぬ」

「無理をするな。ふらついているではないか」

師範代は優しく寒九郎の腕を取って支えた。

健次朗と的之介が杓《ひしゃく》と濡れ手拭いを持って急ぎ足で戻って来た。

「寒九郎、水だ。飲め」健次朗が杓を差し出した。

「すまぬ」

寒九郎は杓の縁《ふち》に口をつけ、少しだけ水を飲んだ。ようやく咳き込みは止まった。

「しかし、これはひどい熱だ」

郷田師範が寒九郎を床に座らせた。菊地師範代が矢野的之介に命じた。

「的之介、濡れ手拭いを額にかけろ。冷やすんだ」

的之介は濡れた手拭いを寒九郎の額に押しつけた。

「ありがとう」

寒九郎は冷たい手拭いを手で押さえた。ひんやりした冷たさが快かった。だが、寒気はひどくなり、瘧《おこり》のような震えが軀の奥から込み上げてくる。

「師範、これでは、寒九郎を一人帰すわけにはいかんですな」

菊地師範代は思案げにいった。郷田師範はうなずいた。

「健次朗、的之介、二人で寒九郎を家まで送り届けろ」

「はい」「はい」

東健次朗と矢野的之介は元気よく返事をした。ふたりは寒九郎の両脇を抱えて立ち上がらせようとした。

「大丈夫。それがし、一人で帰ることが出来る。心配無用だ」

寒九郎は、そうはいったものの、軀がだるくて歩くのも難儀だった。己れを叱咤激励するのだが、脚《あし》が思うように踏み出せない。

「どうした？　寒九郎」

武田由比進や荻生田《おぎゅうだ》一臣《かずおみ》たちも稽古を中断し、寒九郎のもとに駆け付けた。

寒九郎は由比進に大丈夫だといおうとして振り向いた時、あたりが暗くなるのを覚えた。そのまま、奈落《ならく》の下に沈んでいった。

二

「寒九郎さま」

幸《ゆき》の声が寒九郎に囁《ささや》いた。幸の顔が見える。幸は枕元に座っていた。幸の顔は沈んでいた。

寒九郎は驚いた。

「幸、いつ戻ったのだ？」

幸は答えなかった。

「奥の暮らしはつらいか？」

幸は無言だった。だが、顔を哀しげに伏せていた。

「幸……」

寒九郎は幸が愛《いと》しいと思った。いまごろになって、どうして幸を奥に入れたのかと悔やんだ。あの時、なぜ、幸に行くなといわなかったのか。

「それがしは、幸と一緒にいたい」

幸の顔が一瞬晴れたように見えた。

「私、いつも、寒九郎さまのおそばにいたい」

どこからか、幸を呼ぶ声が聞こえた。幸はそっと立ち上がり、枕元から立ち去ろうとした。

「幸、行くな。行かないでくれ」

寒九郎は手を伸ばし、幸の手を握ろうとした。だが、幸の姿は消えた。

「幸！」

寒九郎は思わず寝床から軀を起こした。

傍《そば》には、幸ではなく、母の菊恵《きくえ》が座っていた。

「寒九郎」

「母上、母上じゃあありませぬか」

「寒九郎、辛抱しなさい。あなたのためですよ」

「母上、亡くなったのではないのですか？」

「寒九郎、お幸もつらいのを我慢して、辛抱しているのですから」

母の菊恵は優しくいいながら、寒九郎をそっと横たえた。水に濡れた手拭いを拡げ、寒九郎の瞼《まぶた》の上に載せた。

「いまは、お眠りなさい。ゆっくりとお休みなさい」

寒九郎は母の菊恵が優しく頭を撫でるのを感じた。昔、幼子だったころのように。

ねんねんころりよ、おころりよう……

母の唄う子守歌が聞こえた。

寒九郎は安堵し、ゆっくりと夢の世界に彷徨《さまよ》い込んだ。

「泣き虫小僧、起きろ。おまえはほんとに情けない小僧だなあ」

寒九郎は男の声に、はっとして目を覚ました。額にかかった手拭いを払い退《の》けた。

暗がりの中、枕辺に蓑笠《みのかさ》を着込んだ大男が立っていた。

「赤ん坊でもあるまいに、お幸、お幸と女子《おなご》の名前を喚《わめ》き立ておって。それが一人前の男といえるのか？」

「…………」

寒九郎は唇を嚙《か》んだ。幸の夢を見て、思わず幸の名を叫んだのかも知れない。なんといわれても仕方がない。

「おまえが突然に熱を出したのは、風邪のせいにあらず。おまえは、情けないことに、恋煩《わずら》いにかかったのだ」

「恋煩いだと？」

寒九郎はむっとした。

大男は大口を開いて笑った。

「おまえは、幸とやらいう娘に惚《ほ》れて恋煩いをしているのだ」

「そ、そんなことはない。それがしは風邪をひいたんだ。風邪で熱が出たんだ」

「嘘をつけ。正直に自分に向き合ってみろ。なにが風邪なもんか。武士たる者が、たった一人の女子に恋い焦がれて、その娘がいなくなったものだから、失意のあまり熱を出すとは、大の男として軟弱極まりない」

「……どうとでもいえ」

寒九郎は不貞腐《ふてくさ》れて、そっぽを向いた。

「逃げるな、小僧。おまえの悪いところは、すぐに真実を突かれると言い訳をいって弁解し、こそこそと逃げ出すところだ」

大男は寒九郎の弱点に図星した。

寒九郎は黙った。いえばいうほど、己れが惨めになる。

蓑笠男は寒九郎の枕元にどっかりと胡坐《あぐら》をかいた。

「おまえには、三つのお伽話《とぎばなし》を話した。今夜は、おまえのお伽話を聞きに参った」

「それがしのお伽話なんぞない。頭がぼんやりしていて、話が出来ん」

大男は頰髭《ほおひげ》を撫で、鼻で笑った。

「仕方がないのう。ならば、わしがもう一つのお伽話を聞かせてやろう」

「聞きたくない」

寒九郎は寝返りを打ち、大男に背を向けた。

大男は寒九郎の背中に話しかけた。

「昔、あるところに、剣で身を立てようという野心を持った若者がおった。若者は人がほとんど入らない深山の奥に籠もり、必死に剣術の荒修行を積んだ。毎日、山野を駆け巡り、熊《くま》や狼《おおかみ》を相手に剣の腕をあげた。若くして己れの剣の流派を開き、武者修行の旅に出た。若者は諸国を巡り、名立たる道場を訪れ、道場主を打ち破った。おい、わしの話を聞いているか？　小僧」

「うるさいな。話したければ勝手に話せ」

「ふふん。聞いておるな。話を続けよう。若者は道場破りを続けるうちに、もっと強い相手はいないか、と探し求めた。すると飛騨高山《ひだたかやま》の山奥に、天下無敵の老剣客がいるという噂を聞き付けた。その老剣客も、若者同様、昔、いくつもの道場を破り、さまざまな剣客と決闘を行ない、まだ負けたことがないという剣の達人だった」

「………」寒九郎は目を瞑《つむ》り、大男の話に聞き入った。

若者は、飛騨高山の麓《ふもと》の村を訪れ、村人から山奥に住む老剣客の消息《しょうそく》を尋ねようとした。村人は若者を村長《むらおさ》の家に連れて行った。村長は、その村一番の長老で、みんなの相談役になっていた。白髪頭の村長が出て来て、若者に尋ねた。

『おサムライ、なぜに、山奥の老剣客とお会いなさろうとなさる』

若者は、老剣客に仕合いを挑み、打ち負かしたいと告げた。村長は深いため息をついた。

『あなたもか』

これまでに、何人もの侍が老剣客と仕合いをしようと山奥に入ったが、一人として里に戻って来なかった。

『およしなさい。このまま、お帰りになった方がいい』

若者は、その侍たちはどうなったのか、と村長に尋ねた。村長は白髪頭を左右に振った。

『ある者は山を彷徨うちに、急峻《きゅうしゅん》な崖から落ちて死に、またある者は山の熊に襲われて、食われてしまった。またある者は気が狂って、雪の原を彷徨い凍死した。別の者は谷川に落ちて溺《おぼ》れ、川下《かわしも》で遺体となって見つかった。みなろくな死に方はしていない』

『侍たちは、老剣客と仕合いをして死んだのではないのか？』

『わかりません。会ったのかも知れません。会えなかったのかも知れません』

若者は考え込んだ。老剣客に会うこと自体が難しいのかも知れない。だが、このまま、おめおめと引きさがることも口惜《くちお》しい。そこで、若者は村長に老剣客に会うには、どうしたらいいかを尋ねた。

『どうしても、老剣客に会って、一太刀《ひとたち》なりとも指南してもらい、剣の極意の教えを乞いたい。そのためなら、一生かけてもいい』

村長は若者の熱意にほだされた。そこで、村長は若者に山奥に入るよりも、老剣客が山から出て来るのを待ったがいい、と提案した。

『老剣客は冬が始まる前に、越冬に備えるものを手に入れるために、年に一度だけ、麓の村に姿を現わす。それまで村でじっと待つがいい、といった』

大男は、それから何もいわず、しばらく沈黙した。寒九郎は堪《たま》り兼ねて聞いた。

「それで？　その若者はいかがいたした？」

「小僧、聞きたいか？」

「そこまで話をしたら、誰だって、その後どうなったのかが気になるだろう」

大男は笑いながらいった。

「村長は若者と話をしながら、剣の極意を知ろうと懸命に生きる若者が気に入った。そこで村に引き止めるために、老剣客は年に一度、冬になる前に村に現われると嘘をついた」

「なんだ、嘘だったのか。で、若者は、いかがいたした？」

「若者は、何冬も老剣客が現われるのを待った。村長の家に、いつまでも居候《いそうろう》しているうち、申し訳なくなり、野良仕事や田畑の仕事を手伝うようになった。若者はいい働き手だった。何年も冬を越し、年を重ねるうちに、いつしか若者は村の美しい娘と恋仲になった。若者はやがて剣を捨て、百姓になる決意をした。若者は、その娘と結ばれ、所帯を持ち、村で暮らすことになった。翌春には、まるまるとした赤子も生まれた。めでたしめでたしだ」

「それで話は終《しま》いか？」

「そうだ」

「何がめでたしめでたしだ。肝心の老剣客と仕合いの話は、どうなったのだ」

「続きを聞きたいか？」

「うむ。老剣客は、その後、村に下りてきたのだろう？」

「いや、はじめから、老剣客は若者の目の前にいた」

「まさか、村長が老剣客だったというのか？」

　寒九郎は、話を聞きながらも、そんな予感がしていた。

「そうだ。老剣客は、その村の長《おさ》となり、村人たちと一緒に穏やかに暮らしていた。若者は、そうとは知らず、老剣客の家で生活をともにしておったのだ」

「馬鹿なやつだ。村長が老剣客だと気付かなかったのか？　村長が老剣客だと見破れないようでは、所詮、その程度の剣の遣い手だったということだな」

「愚か者、おぬしこそ、まだまだ修行が足りぬ未熟者だ」

「それがしが、愚か者だと！　どうして、それがしを痴《し》れ者にする？」

「若者は、実は、最初から村長が老剣客であることを見破っていたのだ。そこで、若者は老剣客の嘘を、そのまま真《ま》に受けたふりをして、老剣客の家に居候し、暮らしをともにしたのだ」

「……。それで？」

「老剣客から、剣の極意を学び取った」

「村長は、若者に剣の極意を教えたのか？」

「その通り」

「村長と立ち合ったというのか？」

「そういうことではない。厳しい自然と向き合い、いかに生きるのか。若者は村長とともに生活をすることで、人生の極意を学んだのだ」

「分からぬ。剣の立合いをせずに、剣の極意を学んだとは？」

「小僧、剣の極意とは、人の生き方の極意だ。それが分からぬとは、阿呆の阿呆、まったくの痴れ者だのう」

「分からぬ。では、若者の前に、老剣客に挑んだサムライたちは老剣客と戦って死んだのではないのか？」

「老剣客が直接手を下して死なせたわけではない。老剣客は飛騨の自然そのものになっていたのだ。だから、サムライたちは、その自然に挑み、悟りを得ずに敗れ去った。しかし、生き延びた者は、自然から人生の極意を悟り、剣を離れて去っていった」

「件《くだん》の若者は、老剣客と戦わず、人生の極意を悟ったというのか？」

「そうだ。自然の中で村人として生きる。田畑を耕し、妻《めと》を娶り、子を作って、そして死んでいく。若者は、そうした道を選んだ」

「老剣客の村長は、どうなった？」

「老剣客は若者が子を得てまもなく、若者にすべてを譲り、亡くなった」

「その若者は、その後どうした？」

「老剣客の遺言の通り、若者が老剣客の跡を継《つ》ぎ、村長となって、女房や子どもと一緒に幸せに暮らした。めでたしめでたしだ」

「そういうことか」

寒九郎は寝返りし、大男に背を向けた。

「寒九郎」

母の声が聞こえた。寒九郎ははっとして、また寝返りを打った。蓑笠を着けた大男の姿はなかった。替わって、憂い顔の母が座っていた。

「母上」

障子戸《しょうじど》は明るくなっていた。夜が明け、陽射しが当たっている。

「さきほどから、さかんにお幸の名を呼んでいましたね。可哀相《かわいそう》、お幸がいないので、寂しいのでしょう」

　涙目のおくにが上から覗いていた。隣に母の菊恵の顔があった。いや、母ではない。よく似ているが、叔母《おば》の早苗《さなえ》の顔だった。

「寒九郎、しっかりおし」

　早苗が寒九郎の額に手をあてた。

「昨晩よりは、だいぶ熱は下がったようですが、まだうなされているようね」

「きっと悪い夢を見ているのでしょう」

　冷たい濡れた手拭いが額に載せられた。

　夢だったのか。

　ひんやりとした濡れ手拭いは気持ちがよかった。早苗の手が頭を撫ではじめた。

　寒九郎は幼児時代に戻ったような気持ちになり、また眠りの世界に引き戻されて行った。

三

寒九郎は人の気配にはっとして目を覚ました。

「寒九郎、大丈夫か」

大吾郎《だいごろう》が土間から顔を覗かせた。

寒九郎はあたりを見回した。故郷の津軽《つがる》に戻っていたように思っていた。夢だったのか。

自分の部屋の中だった。煤《すす》けた天井や油障子戸。故郷の実家ではない。

大吾郎は部屋に上がり、寒九郎の傍《かたわ》らに座った。

「おまえ、だいぶうなされていたぞ」

「そうか」

「熱は？」

「ない」

大吾郎は寒九郎の額に手で触った。

「ほんとだ。平熱に下がっている」

熱はすっかり引いていた。腹が減っていた。寒九郎は寝床から身を起こした。腹の虫がぐるぐると喚き立てた。寒九郎は腹を押さえた。

「腹、減ったか」

「うむ」

「待ってろ。母ちゃんにいって、メシを持って来させる」

大吾郎は笑い、立ち上がった。土間に戻り、大声で二階の母のおくにを呼んだ。おくにの返事があり、階段を下りる足音が響いた。

「母ちゃん、寒九郎が目を覚ました。熱も下がった。腹が減っているって」

「まあ。そりゃあ、よかった。もう大丈夫だねえ」

おくにが階段から顔を覗かせた。寒九郎は頭を下げた。

「すみません」

「そろそろ夕飯を用意しようと思ったところだけど、すぐにお粥《かゆ》を作ってあげますからね」

おくにはいそいそと台所に急いだ。

大吾郎は部屋に戻り、寒九郎の寝床の脇に座った。

大吾郎は供侍《ともざむらい》の仕事を終えて帰って来たところだった。まだ身仕度《みじたく》も解《と》いていていない。

「おまえ、三日三晩も寝込んでいたんだぞ。ほとんど何も食わずに」

「そうか」

厠《かわや》に立った時とか、母上やおくにが看護してくれているのを斑《まだら》にだが覚えている。いや、死んだ母上がいるはずはない。きっと母上そっくりの顔立ちをした叔母の早苗だったのに違いない。そういえば幸もいた。そして、蓑笠を着た、いつも嫌味なことをいう大男もいた。あれは、みな夢だったのか。

「幸庵《こうあん》様の薬が効いたみたいだな。俺は蘭医《らんい》なんか信用してなかった。幸庵様も藪《やぶ》医者だと思っていたが」

大吾郎はにやっと笑った。

幸庵は蘭医の町医者である。旗本には専門の御典医《ごてんい》がいるが、漢方医だった。幸庵は武家町家の別なく、患者の診察をするので庶民に評判が良かった。

「幸庵様が診《み》に来てくれたというのか？」

「ああ。奥方様が御典医ではなく、特別にお願いしたらしい」

「そうか」

「奥方様も御典医は、偉そうにしているだけで藪だと思っているらしい。おまえの病の具合を見ると、すぐにお清《きよ》に幸庵様のところに行かせたからな」

寒九郎は心の中で早苗に感謝した。風邪ごときで寝込んでしまった己れが恥ずかしいと思った。

「はい。お粥が用意出来ましたよ」

台所からおくにが現われた。手に盆を持ち、部屋に入って来た。おくには寒九郎の前に盆を置いた。盆にはお粥を入れた椀に梅干しが添えられていた。

「大吾郎、あなたは着替えてらっしゃい」

「はい。寒九郎、早く元気になれよ」

大吾郎はにやっと笑い、席を立った。二軒長屋の自分の家に戻って行った。また寒九郎の腹の虫が鳴き声を上げた。おくには笑いながら寒九郎に促した。

「さ、召し上がって」

「はい。いただきます」

寒九郎は寝床の上に正座し、盆から椀を取った。粥から湯気が立っていた。椀の縁に口をあて、箸で粥を掻き込んだ。梅干しの塩気が食欲をさらに誘った。

寒九郎は椀の粥をあっという間《ま》に平らげてしまった。恥ずかしいことに、腹の虫がまだ鳴き立てていた。

「まあ。まだ足りないのね」

「いや。もう大丈夫です。ご馳走様でした」

寒九郎は手を合わせ、空《から》になった椀を盆に戻した。

「そうね。いくら熱が下がって元気になったとはいえ、食べ過ぎは禁物です。でも、元気になってよかった」

「ご心配をおかけして、申し訳ありません」

寒九郎はあらためて礼をいった。

「いいえ。少しも。幸庵様がいっていましたよ。これは、風邪だけではなさそうだって」

「はあ？」

「恋煩いだろうって。お幸の名を何度も呼んでいましたから」

おくには微笑みながら、立ち上がった。

「…………」

寒九郎は両膝に手をあてて項垂《うなだ》れた。みるみるうちに顔が赤くなるのを覚えた。羞《しゅう》恥《ち》で軀がかっと熱くなる。蓑笠を着た大男も同じことをいっていた。

譫言《うわごと》で幸の名を叫んでいたのか。おくにだけでなく、きっと叔母の早苗も聞いていたに違いない。もしかして、大吾郎も。

　油障子戸ががらりと開いた。

「寒九郎、起きたのか」

　由比進が顔を出した。矢野的之介と東健次朗の顔も見える。

「的之介も健次朗も、おぬしを心配して見舞いに来たぞ」

「ありがとう。みなに心配をかけてあい済まぬ」

　寒九郎は頭を下げた。おくにが台所から顔を出した。

「由比進様、みなさん、どうぞ、お上がりください。粗茶でもご用意します」

「いや、結構です。それがしたち、寒九郎の様子を見に来ただけです。寒九郎が元気になったのを見たので、まず安心しました」

　由比進がいった。東健次朗は笑った。

「よかった。寒九郎の元気な顔を見たので、引き揚げます。これから、それがしたち、明徳道場にまた戻らねばなりませぬゆえ」

　矢野的之介が続けた。

「寒九郎も、早く元気になって道場に出て来い。師範の先生たちが、奉納仕合いに誰を出すか、稽古仕合いを見て、選考しているところだ」

「寒九郎、おぬしも出たいだろう？」

由比進がいった。寒九郎はうなずいた。

「うむ。出来れば、それがしも出たい」

「明徳道場からは二人が出ることになっている。これは特例らしい」

「二人か。難しいな。ほかの道場は？」

「ほかの道場からは一人ずつだ。おぬしが通う大門《だいもん》道場からも一人しか出られない」

二階から下りてくる足音が聞こえた。

「では、寒九郎、それがしたちは引き揚げる。早く元気になれ。失礼いたした」

由比進はおくにに一礼した。

「御免」「また」

東健次朗と矢野的之介も慌てて、寒九郎に手を振って引き揚げた。

「また御出《おい》でくださいね」

おくには三人に愛想よくいった。

階段から顔を出した大吾郎は怪訝な顔をした。

「何だ？　あいつら。俺にあいさつもせずに帰りやがって」

「大吾郎、そんなことをいわないの。由比進様が、お友達を連れて、わざわざ寒九郎さんの病気を見舞いに来たんだから」

おくには空《から》になった椀を載せた盆を持ち、台所へ引き揚げた。

大吾郎は寒九郎を振り向いた。

「あいつら、大門道場がどうの、といっておったな。何の話だ？」

「新春の奉納仕合いの出場者のことだ。明徳道場からは二人が指名されるらしい」

「誰と誰だ？」

「分からない。大門道場からは一人出ることになっているのだろう？」

「うむ。俺かおまえのどちらかだな」

大吾郎はじろりと寒九郎を見た。

「大吾郎、おぬしが出ろ。おぬしが起倒流《きとうりゅう》大門道場を代表するのにふさわしい」

「おまえは、どうする？」

「それがしは、今度は明徳道場から出たい」

寒九郎は、そういいながらも、内心では明徳道場で代表に指名されるのは難しいだろうな、と思った。明徳道場には、江上剛介や近藤康吉をはじめ、上級者が大勢揃っている。彼らを飛び越えて、寒九郎が選ばれるのは、ほとんどありえない。

また戸口に人の気配がした。油障子戸が引き開けられ、叔母の早苗と下女のお清が顔を見せた。

「ああ、よかった。寒九郎、やっと元気になったのですね」

早苗は安堵した顔で下駄《げた》を脱ぎ、部屋に上がった。寒九郎は蒲団《ふとん》を折畳み、畳に正座した。

「叔母上、それがし、元気になりました。もう大丈夫です。ご心配をおかけして申し訳ありません」

「それがしは、これにて失礼します」

大吾郎は慌てて早苗に一礼し、逃げるように部屋を出て行った。

早苗は寒九郎の前に座った。

「本当に心配したのですよ。市中には、最近、流行《はや》り病のコロリが蔓延《まんえん》していると聞きます。もしかして、と旦那様と相談して、蘭医の幸庵先生に診察をお願いしたりして。でも、よかった。先生によれば、その心配はまったくない、少々風邪にかかっただけで、その上に、若い者だけがかかる特別な病が重なっただけだとおっしゃられて……」

早苗はおかしそうに袖で口元を隠した。寒九郎は項垂れた。

おくにが台所から顔を出した。

「奥様、寒九郎さんは目を覚ますなり、お腹が空いたといって、椀一杯のお粥を召し上がったのですよ」

「寒九郎、おくにさんにも礼を申し上げなさい。おくにさんは、終日、あなたに付き添い、濡れ手拭いを変えたり、重湯《おもゆ》を飲ませたりして看病してくださったのですから」

「いえいえ、私なんぞより早苗様こそ。寒九郎さん、早苗様は徹夜であなたに付き添い、看病なさっておられたのですよ。まるであなたのお母様のように。子守歌まで唄われて」

　おくにが笑いながらいった。

　寒九郎は、夢現《うつつ》に子守歌を聞きながら、母に頭を撫でられていたように感じたが、あれは叔母の早苗だったのか、と思うのだった。

「叔母上、おくにどの、ありがとうございました」

　寒九郎は早苗とおくにに深々と頭を下げた。

「さあさ、お坊っちゃま、蒲団さ上げっぺ」

　お清が部屋に上がると、押し入れの襖を開け、畳んだ蒲団を抱え上げて入れた。その弾《はず》みで蒲団から赤い玉をつけた簪《かんざし》が転がり落ちた。

「あれ、これは幸の簪」

おくにが驚いて簪を拾い上げた。

寒九郎は膝にあてた拳を硬く握った。

「それがし、幸から、その簪をいただきました」

「存じてますよ。あなたは寝ている時、その簪を枕辺に置いていたから」

早苗はおくにと顔を見合わせて微笑んだ。おくにはうなずき、何もいわずに簪を寒九郎に手渡した。

寒九郎は簪を受け取り、懐紙《かいし》に包んで懐《ふところ》に入れた。

四

北風が吹き寄せていた。

寒九郎は釣瓶《つるべ》井戸から水を汲み上げ、桶《おけ》に注いだ。風邪の症状はまるで嘘のように消えていた。やはり気から来る病だったのだろうか。

寒九郎は厩《うまや》を眺めた。

風に乗って枯葉が舞い落ちていた。厩の周囲にも枯葉が吹き寄せている。

厩では馬丁《ばてい》たちが馬の世話をしていた。

寒九郎は水を入れた桶を運び、楓《かえで》の厩に入って行った。

馬丁の末吉《すえきち》が楓の軀を藁《わら》で擦《こす》っていた。

楓は寒九郎に気付くと、前足で床を掻き、首を振っていなないた。まるで、この数日間、姿も見せず、いったい、どこに行っていたのだと文句をいっているかのようだった。

「おう、楓。よしよし」

寒九郎は楓の鼻面《はなづら》を撫でようと手を出した。楓は素早く手を咬《か》もうとした。寒九郎は笑いながら、ぱしんと楓の鼻面を平手で叩いた。

末吉が笑いながらいった。

「寒九郎さまがお戻りになってよかったな、楓」

隣の厩の春風《しゅんぷう》も鼻を震わせていなないた。

春風は由比進の馬である。春風の軀を藁で拭いていた相馬泰助《そうまたいすけ》が寒九郎に声をかけた。

「寒九郎、すっかり、楓が僻《ひが》んでおったぞ。由比進様は自分のことは連れ出さず、春風ばかり乗っているといってな」

「そうか、そうか。俺が悪かった」

寒九郎は楓の首筋を撫でた。楓は大きな目を剝《む》き、嬉しそうに鼻を鳴らす。

「寒九郎、楓を馳《は》せよ。おぬしが寝込んでいる間、楓はほとんど厩から出ておらぬ」

「分かりました。では、ひと走りさせましょう」

「わしも行こう」

相馬泰助は馬丁の一人に鞍《くら》を用意するように指示した。

寒九郎も馬丁の末吉に向いた。

「それがしの鞍を頼む」

「へい」

末吉は小走りに物置に行き、やがて寒九郎の鞍を抱えて戻って来た。

寒九郎は、その間に野袴《のばかま》の裾《すそ》を束ね、藁靴《わらぐつ》を履《は》いて、乗馬の支度をした。

楓は鞍を着けられると、寒九郎にすぐに出ようと脚を動かし、そわそわしはじめた。

末吉は楓の轡《くつわ》を取り、厩の外に出した。

寒九郎はひらりと楓の背に跨《また》がった。楓はすぐにも駆け出そうとする。手綱《たづな》を引いて、楓を止めた。

乗馬支度をした相馬泰助も、馬丁が引き出した春風にゆっくりと跨がった。

「寒九郎、参るぞ。ついて来い」

「はい」

相馬泰助は春風を歩ませた。寒九郎も楓の手綱を引き、春風のあとにつけて歩かせた。

屋敷の敷地から通りに出ると、相馬泰助と寒九郎は馬を跑歩《だくあし》にさせて馬場に向かった。

寒九郎は楓の馬上で何度も深呼吸をした。北風は冷たいが気持ちがよかった。

木立を抜けると、遠くに白い雪を被《かぶ》った富士山《ふじさん》が見えた。寒九郎は津軽富士《つがるふじ》を思い出す。岩木山《いわきさん》は富士山ほど大きくも高くもないが、稜線《りようせん》はなだらかで、見るからに山容が堂々としており、富士山と比べて遜色《そんしよく》もない。

いまごろ、津軽富士は頂《いただき》まで赤く紅葉している。頂は雪を被っているやも知れぬ。

目を閉じると、その光景が目の奥に浮かんで来た。

ほどなく相馬と寒九郎の二騎は高田《たかだ》の馬場に到着した。

馬場の周囲の森は、黄褐色や紅色に染まっていた。馬場の空き地は黄白色の薄《すすき》の穂に覆われていた。

「よし。寒九郎、行くぞ」

相馬は春風の腹を鐙《あぶみ》で蹴った。寒九郎も楓の腹を鐙で蹴り、春風と轡を並べて走らせた。

楓は喜び勇んで駆け出した。春風も負けじと駆ける。

二騎は風を切って疾駆《しっく》した。

寒九郎は腰を浮かせて、楓の動きに合わせ、軀を上下させた。冷たい風が頰を撫で、軀を擦り抜ける。寒九郎は楓を馳せながら、津軽の森や林を思った。

いつしか、心に溜まっていたわだかまりや寂しさが解《ほぐ》されて、後ろに飛び去っていく。

寒九郎は、楓と一体になって宙を飛んだ。

馬場を一、二周するうちに、寒九郎は勇気が湧いてくるのを覚えた。風となって走るうちに気が晴れ、くよくよと悩んでいる己れが馬鹿らしくなった。馬が憂さを晴らしてくれた。

息急《せ》き切って、馬場を三周し終わった。

相馬が春風の手綱を引いて止め、前方に並ぶ埒《らち》の一角を指差して怒鳴った。

「寒九郎、最後に、あの埒を跳ぶぞ。いいな」

「はいッ」

寒九郎は一瞬息を飲んだ。

跳ばずの埒。

薄の原の中に居並ぶ頑丈そうな白木の棚《たな》。

馬を習う訓練生たちが、教程の最後の最後の仕上げに、挑まねばならぬ埒だ。馬場を取り巻く埒の中で、その埒だけが異様に高い。

馬廻り組の手練《てだれ》の者でも、その埒を跳び越えるのは至難《しなん》とされている。そのため、いつしか「跳ばずの埒」と呼ばれていた。

「寒九郎、見ておれ」

相馬は棚に春風の首を回した。勢いをつけて、棚に突進する。春風は埒に迫ったかと思うと、馬体が宙に飛び、ひらりと埒を越えた。

埒の外に着地した春風の馬上で、相馬が怒鳴った。

「来い！　寒九郎」

寒九郎は意を決した。楓の首筋を軽く叩いた。楓もやる気十分の気配だった。

「行くぞ、楓」

寒九郎は楓の轡を埒に向け、鐙で楓の腹を蹴る。楓は勢いをつけ、埒に向かって突っ走る。

寒九郎は腰を浮かし、「はっ」と声をかけた。楓は前肢を上げ、後ろ肢で地面を蹴った。楓の軀が宙を飛ぶ。寒九郎は馬体の飛翔に合わせ、一緒に宙を飛んだ。白い埒が下を過《よぎ》る。

薄の穂が眼前に迫り、楓は弾むように着地した。その勢いのまま、なおも走る。

薄原で待っていた相馬が、大きくうなずいた。

「ようし。寒九郎、見事だ。いま跳んだ埒は馬場でも一番高い埒だ。たいていの馬は直前で跳ぶのを止めたり、躊躇《ちゅうちょ》して、騎手を振り落とす。楓も寒九郎も、よくやった。誉《ほ》めてつかわすぞ」

「ありがとうございます」

寒九郎は楓の首筋を撫でた。楓は口から泡を吹き、激しくいなないた。楓も喜んでいると寒九郎は思った。

五

門弟たちの稽古は終わり、大門《だいもん》道場は静かになった。道場には、師範の大門甚兵衛《じんべえ》と師範代の栗沢利輔《くりさわとしすけ》、それに大吾郎と寒九郎が残っているだけだった。

寒九郎と大吾郎は蹲踞《そんきょ》の姿勢で向き合った。

「始め！」

栗沢師範代が叫んだ。

寒九郎は、大吾郎の棒の先に竹刀の先を軽くあて、素早く後ろに跳び退いた。

互いに相青眼《あいせいがん》に構える。

相手の手の内は、よく分かっている。これまで何十何百回と立ち合っている。しかし、棒術での仕合いとなると、明らかに大吾郎が上だ。そのことは、口惜しいが寒九郎も認めている。だが、竹刀での仕合いとなれば、ほぼ互角。寒九郎は己れの方が大吾郎よりも優っているという自信はある。

奉納仕合いでは、各流派、得意の得物《えもの》を用いてよいことになっている。

そのため、大門老師は起倒《きとう》流《りゅう》大門道場の代表に棒術遣いとして大吾郎を指名した。

寒九郎としては、そのことに異存はない。

毎年恒例の奉納仕合いは、年明け早々、年頭に行なわれる。場所は紅白仕合いと同じく、日枝神社の境内である。

各道場から推挙《すいきょ》された門弟一人が代表となり、出場する。ただし、明徳道場は門弟が多く、主催道場ということもあるので、二名の枠があった。

江戸市中の各道場といっても、明徳道場が鏡新明智流《きょうしんめいちりゅう》を本流とする道場なので、鏡新明智流の流れを汲む道場が中心で、他流派は直心影流《じきしんかげりゅう》や神道無念流《しんとうむねんりゅう》、北辰一刀《ほくしんいっとう》流《りゅう》などの道場が招待枠になっている。起倒流大門道場も、大門老師が元々は鏡新明智流だったこともあって、招待枠になっていた。

大吾郎の手元の棒がくるくると目紛《めまぐる》しく回転した。棒の風を切る音が威嚇《いかく》するように伝わって来る。

寒九郎は竹刀《しない》を青眼から右八相《みぎはっそう》に構え直した。大吾郎は打ち気に逸《はや》っている。

大吾郎の顔が膨れた。

寒九郎は右八相に構えた竹刀を徐々に下段に下ろし、左脇に隙を作り、大吾郎を誘った。

来る。

大吾郎の軀が一瞬動き、誘いに乗った棒が寒九郎の左脇に襲いかかった。

寒九郎は竹刀で棒を叩き落とさんとし、右手に跳び退いた。棒はくるりと反転し、寒九郎の右脇を襲った。寒九郎は大吾郎の動きを読み、棒を竹刀で撥ね上げた。その勢いのまま、竹刀を大吾郎の喉元《のどもと》に突き入れる。

「突きっ」

大吾郎は棒で竹刀を叩いた。一瞬、寒九郎はくるりと軀を回し、竹刀を大吾郎の胴に叩き込んだ。

だが、大吾郎は、寒九郎の動きを読んでいた。棒を立てて寒九郎の竹刀を受け止めた。竹刀が棒を叩く音が響く。

すぐさま大吾郎は棒を回転させ、寒九郎の胴を打ちにかかった。寒九郎も素早く竹刀で棒を叩き払い、大吾郎の懐《ふところ》に飛び込んだ。

大吾郎は待ってましたとばかりに、棒を手放し、寒九郎の腕と胸ぐらを摑んだ。大吾郎の足が寒九郎の足に絡《から》み、寒九郎の軀は床に投げ飛ばされた。

「参った」

寒九郎は転がりながら、大吾郎に告げ、軀を軽く叩いた。大吾郎は転がった寒九郎に飛びかかり、押さえ込もうとしたが、動きを止めた。

「よし、そこまで」

栗沢師範代が手で大吾郎を制した。

見所に座って見ていた大門老師が満足気にうなずいていた。

「大吾郎、よく、そこまで起倒流を身につけた。臨機応変《りんきおうへん》の心得だな」

「はい。ありがとうございます」

大吾郎は満更《まんざら》でもない顔をし、「どうだ」と寒九郎を睨んでにやっと笑った。

大門老師は寒九郎にいった。

「おぬし、大吾郎の練習台になってやれ。刀では棒術にどう立ち向かうのか、厳しく対してやれ。大吾郎は、寒九郎と稽古して剣の動きを学び、棒術の技に磨きをかけろ」

寒九郎はうなずいた。

「それがしの出来ることなら、何でもやります。大吾郎には、さらに強くなってほしいので」

「先生、それがし、寒九郎の力を借りずとも、刀や木刀遣いに勝つ自信があるんだけどな」

「こら、大吾郎、慢心《まんしん》するな」

栗沢師範代が怒鳴り付けた。大吾郎は首をすくめた。

大門老師は笑いながらいった。

「そうだぞ、大吾郎。おまえはたしかに強い。棒を持ったら無敵だ。自信を持つのはいい。だが、慢心はするな」

「はいはい。分かっておりますって」

「馬鹿者、はいは一度でいい。先生にため口をきくな」

栗沢師範代が諌めた。

「はい。参ったなあ」

大吾郎は頭を掻いた。だが、頬に笑みを浮かべた大吾郎の顔は、あまり反省はしていない様子だった。

「ともあれ、大吾郎、師範代や寒九郎を相手に、稽古を積め。さらに、おまえは強くなる素質がある。いいな。一層《いっそう》励め」

大門老師は大吾郎を励ました。

「よし、大吾郎。今度は拙者が稽古を付けよう」

栗沢師範代が竹刀を手にいった。

「ええ？　まだ稽古をするんですか？」

大吾郎は不満げな顔をした。

「文句いうな。特別に稽古をつけてやる。それがしの稽古は、寒九郎と違って遠慮はせんぞ。いいな」

栗沢師範代はわざと厳しい声でいい、竹刀で大吾郎の軀を突いた。

「はいはい。やればいいんでしょ、やれば」

「大吾郎！　なんだ、その態度は」

「はい。分かりました。師範代、稽古をお願いいたします」

大吾郎は不貞腐《ふてくさ》れた態度で棒を持ち直し、ゆっくりと栗沢師範代に向き直った。

「お願いします」

「よかろう」

大吾郎と栗沢師範代は、互いに蹲踞の姿勢を取り、稽古仕合いを始めた。

寒九郎は道場の端に正座し、二人の立合いを注視した。他人の仕合いを観察するのも大事な修行だ。今度の稽古の判じ役は、大門老師が務めている。

栗沢師範代は竹刀、大吾郎は棒を構える。

「稽古仕合い、始め！」

大門老師の掛け声とともに、大吾郎と栗沢師範代は、はじめから激しく打ち合いを始めた。栗沢師範代は遠慮なく大吾郎に竹刀による打突を送る。大吾郎は棒で打突を受け、弾いて反撃する。

さすが栗沢師範代は身のこなしが早く、大吾郎の棒の打突を躱《かわ》し、素早く竹刀で打ち返す。二人の動きは機敏で、目まぐるしく攻守が入れ替わる。

寒九郎は、二人の立合いを見つめながら、己れが栗沢師範代なら、どう攻めるかを考えていた。

「籠手ッ」

栗沢師範代が一瞬の隙を突いて、大吾郎の籠手を叩いた。ついで棒を竹刀で巻き上げ、弾き飛ばした。大吾郎は尻餅をつき、「参った」と呻《うめ》いた。

「師範代、一本」

大門老師が宣した。

栗沢師範代は残心《ざんしん》もせず、竹刀を大吾郎に突き付け、大声で叫んだ。

「まだまだ。大吾郎、そんなことでは、仕合いに勝てんぞ。さあ、かかって来い」

「おのれ」

大吾郎はかっとなり、飛び起きると、棒を引っ摑んだ。腰を屈《かが》めたまま、棒を回転させて、栗沢師範代を打とうとした。

栗沢師範代はひらりと飛び上がり、大上段から竹刀を大吾郎に振り下ろす。大吾郎は慌てて、棒を横にして、竹刀を受け止めた。

大吾郎は同時に軀を沈め、栗沢師範代の脚に足をかけ、体《たい》を崩そうとした。栗沢師範代はくるりと前方回転して、大吾郎の攻撃を躱し、竹刀を大吾郎の頭に振り下ろした。

「メーンッ」

栗沢師範代は竹刀を大吾郎の頭の上で寸止《すんど》めした。大吾郎は目を白黒させていた。

「師範代、一本！」

大門老師はまたも師範代に手を上げた。栗沢師範代は怒鳴った。

「大吾郎、何をしておる！　さっきよりも動きが悪いぞ。こんなことでは、奉納仕合いに出せんぞ」

「…………」

大吾郎は口惜しそうに、その場に蹲《うずくま》った。

大門老師が笑いながら、栗沢師範代を止めた。

「師範代、今日のところは、そこまで、としよう。大吾郎は疲れておるようだ」

「しかし、先生、奉納仕合いまでは、あと一月《ひとつき》ほどですぞ」

「うむ。大吾郎も分かっておろう。大吾郎、おぬしも慢心を捨て、稽古に励め。いいな」

大門老師は大吾郎を諭すようにいった。

「はい。先生」

大吾郎は渋々とうなずき、大門老師と栗沢師範代に頭を下げた。

栗沢師範代が大吾郎に言い渡した。

「大吾郎、明日より、供侍の勤めを終えたら、直《ただ》ちに道場に参れ。拙者が稽古をつけてやる」

「…………」

「返事は？」

「はい」

大吾郎はやれやれという顔で寒九郎を見た。

「大吾郎、それがしが練習台になる。気張れ」

寒九郎は笑いながら、大吾郎を励ました。

六

庭にはしんしんと雪が降っていた。昨夜来の雪は、庭の木々や池を覆い、雪原に変えていた。

明徳館の広間には塾生たちが詰め掛けていた。広間のあちらこちらに火鉢が置かれ、炭火が熾《おこ》されている。だが、火鉢の炭火では、一向に広間は暖まらない。

寒九郎は寒さに震えながらも、老師河井典膳《かわいてんぜん》の講義に耳を傾けていた。

塾生たちは手を擦りながら、長机に付いている。机の上には漢籍の教本が広げられ、指名された塾生が大声で音読していた。

「子曰《しいわ》く、人にして仁《じん》ならずんば、礼を如何《いかん》せん。人にして仁ならずんば、楽を如何せん」

「解釈せよ」

「人として人間らしさのない者が、礼を習ってどうするというのか？ 人として人間らしさがない者が、楽を歌って何になるだろうか、です」

「うむ。そうだな。仁は人間らしい感情をいう。他人に対して何の感情も持たない者が、いかに高尚な理屈をいっても無駄だ。楽を歌っても、何の意味もない。礼楽《れいがく》の本質を忘れてはならん、ということを孔子《こうし》は申されているわけだな」

河井典膳はじろりと塾生たちを見回した。

「武田由比進、そのあとの七項を読め」

指《さ》された由比進は、背筋を伸ばし、教本を開き、朗々と素読を始めた。

「子曰く、君子は争うところなし、必ず射《ゆみい》るとき乎《か》、揖譲《ゆうじよう》して升《のぼ》り下る、而《しか》して飲ましむ、その争いや君子なり」

「解釈は」

「先生いわく、君子たるものは、決して人と争わない。ただ弓射《きゅうしゃ》は別で、堂に入り、主人と挨拶をしたり、庭に下がって弓を射るとき、互いに挨拶し、譲り合う。そして、勝者に酒をご馳走する。それこそ君子らしいではないか」

「概《おおむ》ねいいだろう」

河井典膳は広間の塾生たちを見回した。

「荻生田一臣、いま隣の者と私語をしとったな」

「いえ。そのようなことは」

荻生田一臣は隣の中堂劉之進《なかどうりゅうのしん》から教本を奪うように手に取った。

「ない、と申すか」

「はい」

「おまえの感じ入った箇所を読め」

「は、はい」

荻生田一臣は慌てて教本を開く。

「子曰く、君子は義に喩《さと》り、小人は利に喩る」

「解釈しろ」

「師いわく、立派な人間は義務にめざめ、つまらぬ人間は利益に目がくらむ」

「一臣、己れのことだと思え」

塾生たちは、どっと沸いた。

「隣の中堂劉之進、次の十七を読め」

「はい、ただいま」

中堂劉之進は荻生田一臣から教本を取り戻し、急いで開いた。

「どうした？　教本を持っていないのか」

「いえ。ただいま。ありました」

中堂劉之進はどぎまぎして読みはじめた。

「子曰く、賢《けん》を見ては斉《ひと》しからんことを思い、不賢を見ては内に自ら省《かえり》みよ」

「どういう意味だ？」

中堂劉之進は隣の一臣に顔を寄せた。一臣が小声で囁いた。

「師がいわれた。……才徳すぐれた人に会うと、自分もあのようになりたい、と思い、……才徳おとる人に会うと、自分もその通りではないか、と反省すべきだ」

「劉之進、おまえのことだ」

「はい」

塾生たちがまたどっと笑った。中堂劉之進は、真っ赤になり、慌てて「違います」といった。

「違うというのか？」

河井典膳は笑いながらきいた。

中堂劉之進は隣の荻生田一臣を肘《ひじ》で突きながら、大声で答えた。

「いえ。そうです。それがしのことです」

「うむ。正直でよろしい。さて、これまで、学んだように、孔子の論語《ろんご》には、さまざまな含蓄《がんちく》のある文言《もんごん》が書かれている。その人生観に触れることによって、自らを高めることが、諸君には求められている」

河井典膳は教本を閉じた。

「さて、これまで、論語でいろいろ習ったことがあろう。諸君は、どのような文言に感動し、自らの生きる指針にしたかを尋ねようかと思う」

塾生たちは騒《ざわ》めいた。

「大内真兵衛《しんべえ》、おぬしは、どうだ？」

名指しされた大内真兵衛は、いくぶん慌てた様子だったが、すぐに気を取り直して答えた。

「それがしは、論語第二為政篇《いせい》に感銘を受けました」

「ほう。どの一節だ？　いうてみい」

「子のたまわく、政《まつりごと》を為《な》すに徳を以《もつ》てすれば、たとえば、北辰《ほくしん》のその所に居て、衆星《しゅうせい》のこれをめぐるが如し」

「ふうむ。その意味するところは？」

「はい。政治を行なうのに道徳をもとすれば、北斗《ほくと》の星に座って、すべての星が、その回りを動いていく、そのように政治がうまくいくであろう、ということです」

「うむ。さすが、御家老の倅《せがれ》だな。その気概を忘れるな」

河井典膳は満足気にうなずいた。

老師は広間を見渡し、寒九郎に目を留めた。

「北風寒九郎、おぬしは、どうだ？」

寒九郎は突然指名されて、一瞬考えた。

「はい、それがしは……」

すぐには思いつかなかった。

「おぬしは、みんなの中では、かなりの論語読みだと思ったのだが。何かあるだろう？　どうだ？」

河井典膳は寒九郎が答えるのを待った。

寒九郎は教本をめくり、付箋《ふせん》を付けた頁を開けた。

「それがしが好きな言葉は、泰伯《たいはく》篇の八にある一節です」

「ふむ。読め」

「子曰く、詩に興《おこ》り、礼に立ち、楽《がく》に成る、です」

「どういう意味だ？」

「詩を詠《よ》むことによって、人は興奮し、礼を習うことによって、人は世の中における自分の立場を創《つく》る。音楽を聞くことによって、人は教養を身につける、ということでしょうか」

「まあ、概ねいいだろう。ただし、孔子の時代では、詩は詩経《しきょう》のことだ。人の学問に対する興味は、まず詩経を読んで興奮を覚えることから始まるというわけだな。そして、礼式を実習することで、己れの立場や役割を知る。そして、音楽を聞くことにより、人としての教養を高める。人の人生を考える上で、必要なことが書かれている。寒九郎、いい文言を選んだ」

河井典膳は満足気にうなずいた。

寒九郎はみんなの視線が自分に集まるのを感じた。

自分としては、それほど感銘を受けた文言ではなかったのだが、どうやら、偶然、老師が気に入っている文言だったらしい。

道場の方角から、太鼓の音が聞こえた。終業の時刻だった。

「では、本日の講義は終わりだ」

河井典膳の声が響いた。

「礼ッ！」という声がかかった。塾生たちは一斉に老師に頭を下げた。

七

「おい、寒九郎、聞いたか」

「大揉《おおも》めらしいぞ」

寒九郎が道場の控えの間で、稽古着に着替えている時、近寄ってきた東健次朗と矢野的之介が囁いた。

「何が揉めている？」

「奉納仕合いへの出場者だよ」

「先生方、誰を出すかで大騒動になっているそうなのだ」

「どうして？」

「これまで、奉納仕合いは、明徳道場代表が常勝だった。今回、上からの命令で、鏡新明智流本部の士学館《しがくかん》をはじめ、北辰一刀流の玄武館《げんぶかん》や神道無念流の練兵館《れんぺいかん》からも、腕が立つ剣士が出場するらしい」

「それはおもしろい。どんな練達の士が出て来るのか、楽しみじゃないか」

寒九郎は稽古着を着込み、袴を履いて、腰紐《こしひも》をぐいっと引っ張って締めた。

東健次朗が声をひそめた。

「ところが、先生方は大騒ぎになった。万が一、うちの道場の代表が敗れたら、明徳道場の面子《メンツ》が丸潰《まるつぶ》れになる」

矢野的之介があたりを窺《うかが》い、低い声でいった。

「そもそも日枝神社の奉納仕合いは、明徳道場が主催するもので、明徳道場が懇意にしている道場を招待してきた。いわば鏡新明智流の明徳道場が主導する催しだった。それが、今回、突然に上から声がかかり、鏡新明智流だけでなく、他流派の道場にも呼びかけろといわれたのだ」

「上というのは、誰のことだ？」

「将軍様に決まっているだろうが」

「将軍様が、なぜ？」

「鏡新明智流だけでなく、他流派にも声をかけて、他流仕合いをさせ、真に強い若手の剣士を、ということらしいのだ」

「他流といえば、これまでも起倒流大門道場はじめ、いくつか他流派の道場の門弟も呼んでいたのではないのか？」

「これまでは、他流派といっても、鏡新明智流出身者とか、鏡新明智流の系統の道場ばかりだからな」

「そうか。起倒流大門道場の大門老師も、もとはといえば鏡新明智流だったな」

矢野的之介が小声でいった。

「幕府としては、強い剣客《けんかく》を集める上で、奉納仕合いをいい機会だと捉えているらしい」

「寒九郎、しかも、将軍様がお忍びで御出でになるという噂なんだ」

東健次朗が付け加えた。矢野的之介が声をひそめた。

「事実上、御前仕合いになるらしいのだ」

「なんだって。江戸城で開かれる御前仕合いになるというのか？」

「だから、先生方としては、これまでと違って明徳道場の名誉にかけて勝てる剣士を選ばねばならなくなったのだ」

「しかし、明徳道場には、江上剛介をはじめ、決して他道場の門弟たちにひけを取らぬ剣術遣いが揃っている。いったい、誰が騒いでいるのだ？」

寒九郎は胴を着込んだ。東健次朗も傍らで胴を身につけた。

「師範の駒田《こまだ》先生や宗像《むなかた》先生たちだ」

「指南役の橘左近《たちばなさこん》先生は？」

「橘先生は泰然自若《たいぜんじじゃく》としている。橘先生は代表の選出にあたっては、師範たちに任せているらしい」

「師範の郷田宗之介先生は？」

「郷田師範は、江上剛介でいこうといっているそうだ」

「ほかの師範たちは誰を推している？」

「近藤康吉、大内真兵衛の名が上がっている」

「武田由比進や荻生田一臣、それにおまえの名も上がっているらしいぞ」

「まさか。それがしは選ばれないだろう。十位あたりを彷徨《さまよ》っている門弟だぜ。それにそれがしは生粋《きっすい》の明徳出身ではないからな」

「明徳からは二人出せることになっているので、江上剛介のほかに、もう一人誰を出したらいいのか、大揉めなんだそうだ。大内真兵衛の親父大内左内《さない》様も口を出しているらしい。息子を出せとな」

「大内真兵衛では、他流派相手では勝てないのではないか？」

「裏から手を回し、相手に圧力をかけて、息子に勝たせようというのだろう」

東健次朗がにやっと笑った。

「勝つためには、汚い手も使うのが大内左内たち要路《ようろ》のやりかただからな。分からないぞ」

「そういえば、門弟ではなく、師範代の誰かを門弟に化けさせて出場させようといっている連中もいるらしい」

「師範代を出す？　それこそ、ばれたら、まずいのではないか？　それが許されるなら、ほかの道場もきっと師範代を出して来るだろう」

矢野的之介が胴を着込みながらいった。

道場のあちらこちらで稽古着姿の門弟たちがひそひそ話し合っていた。

見所に橘や師範代の菊地孝太郎が姿を現わした。

「みんな、集まれ。本日は自由稽古だ」

菊地師範代の声が上がった。

寒九郎たちは、竹刀を携え、見所の前に居並んだ。

菊地師範代は大声でいった。

「本日、指南役の橘先生から、奉納仕合いの代表選手についての発表がある。選ばれた者も、選ばれなかった者も気を抜かず、気合いを入れて稽古するように」

門弟たちは騒めいた。菊地師範代は怒鳴るように叫んだ。

「では、各班ごとに掛かり稽古始め！」

門弟たちは、班ごとに集まり、掛かり稽古を開始した。

菊地師範代が大声で呼んだ。

「江上剛介、近藤康吉、荻生田一臣、武田由比進。以上四名は、郷田師範の許《もと》に集まれ」

江上剛介と近藤康吉は、呼ばれて当然という顔で見所に向かった。由比進と荻生田一臣は、意外な面持ちで郷田師範の前に出て行った。

きっと、あの四人のうち二人が選ばれるのだろう、と寒九郎は思いながら、気合いもろとも打ち込んでくる健次朗を竹刀で受け流した。

八

明徳道場での稽古を終え、外に出た時、雪は止《や》んでいた。

寒九郎は稽古着を丸めて竹刀に刺して肩に担いだ。東健次朗や矢野的之介と一緒に、門弟たちに混じり、家路を急ぐ。

「寒い、寒い」

「早く帰ろう」

寒九郎たちは口々にいいながら歩いた。

明徳道場の代表は、やはり、予想通り、江上剛介と近藤康吉の二人だった。だが、奉納仕合いまでには、ほぼ一月《ひとつき》ほどある。そのため、二人に何か不測の事態が起こった場合の補欠として、荻生田一臣と武田由比進が選ばれていた。

四人は、これから一月《ひとつき》にわたり、指南役の橘左近から特別の稽古を受けるということだった。

橘左近から鏡新明智流の秘剣や秘儀を授けられるということなら、自分もぜひに候補の一人に選ばれたかった。

選ばれなかった以上、仕方がない。

雪が積もった道は難儀だった。履いている高下駄の歯の間に雪が溜《たま》り、鉄の重りがついたように足が重くなる。裸足《はだし》のために、足の指が雪まみれになり、しもやけやひび切れで、足先の感覚がなくなる。

途中、東健次朗や矢野的之介と別れ、武田家の屋敷の門が見えるところまで来て、寒九郎はふと足を止めた。

門の向かい側に五人の侍の姿があった。いずれも一文字笠《いちもんじがさ》を被り、揃いの黒い羽織を着込み、野袴姿の侍たちだった。寒さ避《よ》けのため、首に厚手の布を巻き、口や鼻を被《おお》う覆面《ふくめん》をしていた。

男たちの足元の雪は足跡で乱れ、踏み固められていた。被っている一文字笠にはうっすらと雪が積もっていた。長い時間、五人はそこに屯《たむろ》している様子だった。

五人の侍たちは集まって足踏みして寒さ避けをしながら、ひそひそ話をしていた。

そのうちの一人が、寒九郎に気付いて、顔を上げた。

侍たちは、さっと横に広がり、寒九郎の行く手に立ち塞がった。五人は刀の柄袋《つかぶくろ》を捨て、一斉に刀を抜いた。

男たちは、刀で行く手を阻んだ。どうやって、彼らを突破するか。

門扉《もんぴ》まで、およそ二十間《けん》。

屋敷の門扉は閉じられたままだった。通用口に駆け付け、大声を上げれば、門番が気付いて開けてくれる。

「おぬしら、何者だ！」

寒九郎はまずは大声で誰何《すいか》した。

五人の侍は半円状に寒九郎を囲み、じりじりと刃を詰めた。

「それがしは、北風寒九郎。それを知って、斬ろうというのか！」

寒九郎はありったけの大声で怒鳴った。

「名を名乗れ！　真っ昼間に、何も名乗らず、大勢で待ち伏せするとは卑怯千万《せんばん》」

ようやく門番が気付いた様子で、門扉が恐る恐る開いた。棒を持った門番たちが門の外にばらばらっと飛び出した。

「寒九郎様、ご加勢します」

「狼藉者《ろうぜき》だあ。出会え出会え」

門番たちは騒ぎ出した。

五人の侍たちは、動揺しはじめた。

「寒九郎様、まもなくお殿様たちがお帰りになりますぞ」

「もう、すぐ近くまでお帰りになっておられます。いま少しの辛抱ですぞ」

門番たちは棒を手に侍たちの背後に回り、口々に大声で叫んだ。

寒九郎は担いでいた竹刀と稽古着を侍たちに投げ付けた。刀をすらりと抜いた。

斬りたくはない。だが、降りかかる火の粉は払わねばならぬ。

寒九郎の背後から雪の道を蹴って走る馬蹄《ばてい》が聞こえた。

五人の侍たちはたじろいだ。

「寒九郎ッいま行くぞ」

武田作之介《さくのすけ》の声が聞こえた。一緒に走る供侍たちの足音も聞こえる。

「寒九郎、助太刀いたす」

若侍の熊谷主水介《くまがいもんどのすけ》の怒声が上がる。

「寒九郎、そやつらを逃がすな。俺が相手だ」

供侍をしている大吾郎の怒声も響いた。

五人の侍たちの腰が引けた。

寒九郎は刀を八相《はっそう》に構え、ちらりと背後に目をやった。

先頭を切って駆けて来るのは、護衛の若侍熊谷主水介だった。熊谷主水介は、北辰一刀流の遣い手。そのあとを白馬に乗った武田作之介が駆けて来る。白馬の脇を走るのは大吾郎だった。大吾郎は棒を手に馬よりも速く走る。

「寒九郎、気張れッ」

馬のあとから、若党頭《わかとうがしら》の吉住敬之助《よしずみけいのすけ》も駆けて来る。

寒九郎は侍たちを睨んだ。

侍たちは、駆け付ける武田作之介や熊谷主水介、大吾郎に怖《お》じけづいた。彼らの背後には、屋敷の門番たちが棒を手に立ちはだかっている。

門番たちの背後から、今度は相馬泰助が現われた。相馬は一目見て、事態を察知した。すぐさま脇差《わきざし》を抜き、侍たちに怒鳴った。

「寒九郎、助けに参った。わしが相手だ」

「引け、引け」

五人の侍たちは、後退《あとじさ》ったかと思うと、一斉《いっせい》に後ろも見ずに逃げ出した。

「待てーい。逃げるな」

大吾郎と熊谷主水介が寒九郎の脇を駆け抜け、侍たちのあとを追った。

「どうどうどう」

武田作之介は手綱を引き、寒九郎の前で馬を止めた。

「寒九郎、大丈夫だったか？」

「はい。大丈夫です」

寒九郎は刀を腰の鞘に納めた。

吉住敬之助が雪に足を滑らせながら、寒九郎の傍に駆け寄った。

「怪我はないか？」

「ありません」

武田作之介は馬を下り、轡を取った。

「あやつら、なにものだ？」

武田作之介が訊いた。

「分かりません。名乗りもしませんでしたから」

「見覚えのある顔か？」

「覆面をしていたので、顔は分かりません。ですが、体付きが以前に襲ってきた一味に似ているような気がします」

「さようか。その一味というのは？」

「それがしに、祖父上はどこに隠れているのか、と訊いてきた一味です」

「とすると、津軽の者か」

「おそらく」

「ともあれ、無事でよかった」

吉住敬之助は肩で息をしていた。

相馬は雪の中に転がっていた稽古着と竹刀を拾い上げ、寒九郎に手渡した。

「ありがとうございます」

寒九郎は相馬や門番たちにも頭を下げた。

やがて通りの先から若侍の熊谷主水介と、大吾郎が話しながら戻って来た。

熊谷主水介は苦々《にがにが》しくいった。

「逃げ足の速い連中でした」

「掘割に用意してあった屋根船に逃げ込み、追い掛けることが出来なかった。残念無念」

大吾郎は口惜しそうにいった。

「ありがとう。駆け付けてくれなかったら、どうなっていたか分からなかった」

寒九郎は大吾郎と熊谷主水介に礼をいった。

大吾郎は笑いながらいった。

「癪《しやく》だったから、雪玉を作り、屋根船に投げ付けてやった。障子戸が何枚も破れたから、やつら、さぞ寒い思いをしているはずだぜ」

「寒九郎、無事ですかあ」

門から叔母の早苗が現われた。

「大丈夫だ。わしらが駆け付け、追い払った」

武田作之介は相馬に馬の手綱を渡した。

「旦那様、お帰りなさいませ」

早苗は武田作之介を迎えて、笑顔になった。

「お帰りなさいませ」

下女のお清や女中のおさきも門前に出て、武田作之介を迎えた。

寒九郎は、叔母の早苗の笑顔に、母菊恵の顔を重ねて見ていた。あらためて、母が亡くなり、もうこの世にいないということを思い、寂しさが込み上げて来た。

第二章　大吾郎の恋

一

寒九郎が江戸に来て、はや三年目の年の瀬を迎えていた。

津軽の里での年の暮《くれ》や正月しか知らなかった寒九郎にとって、江戸の正月は見るもの聞くものすべてが珍しかった。

吉住敬之助から聞いた話だが、師走《しわす》になると、江戸の町は急に騒がしくなる。商人の取引は盆暮《ぼんくれ》勘定の二度。年の暮は、一年の総決算ということで、貸し方も借り方も、借金の取り立てや支払いのやりくりに必死になって走り回るからだ。

商人から金を借りている武家も、借金の取り立てに追われ、勘定方《かた》はやりくりに苦心惨憺《さんたん》する。

武田家もご多分に洩れず、日ごろ出入りの商人や札差《ふださし》たちが入れ代わり立ち代わり押し掛けて、いつになく賑やかになった。

当主である武田作之介は小姓組組頭《こしょうぐみくみがしら》の要職にあるため、城中の年末行事が多い年の暮は城中に詰めたまま帰らぬことが多い。

留守の主人に代わって、客に応対する奥方の早苗は席を温《あたた》める暇もないほど忙しくなる。

思えば、母の菊恵も年の瀬にはあまりに忙しくて、子どもの寒九郎の面倒は、一切女中のお篠《しの》任せだった。

お篠は、いったい、どうしているのだろうか？　お篠は母上や父上と最後まで一緒だったのだろうか？

寒九郎は、お篠のことをすっかり忘れていた。今度草間大介《くさまだいすけ》に会ったら、ぜひともお篠の消息も聞きたい。

十二月八日の事始めには、早苗が陣頭指揮を執り、一家総出で新年を迎える準備に取り掛かる。寒九郎も蔵から正月用の道具や食器、雑具を運び出す役目を仰《おお》せ遣《つか》った。

それが終わると、寒九郎は屋敷の煤払《すすはら》いや大掃除に駆り出された。津軽の武家屋敷でも、煤払いや大掃除はあったが、子どもだった寒九郎は、ほとんど手伝った記憶がない。きっと逃げ出して、外で仲間と遊び回っていたのだろう。だから、どんな掃除でも、新鮮な体験になった。

叔母の早苗は手拭いを姐《あね》さん被《かぶ》りし、奉公人たちの先頭に立ち、門や屋敷の煤払いや大掃除に大わらわだった。

寒九郎は、早苗の指示の下《もと》、由比進と元次郎《げんじろう》兄弟と一緒に、屋敷の座敷や居間の天井や棚、欄間《らんかん》の煤や埃《ほこり》を篠竹で払って回った。

早苗は、おくにや寡婦のおミネ、女中のおさき、下女のお清と一緒に拭き掃除である。

姑《しゅうとめ》の将子《まさこ》は早苗に武家の子である由比進に掃除をさせるなど以《もっ》ての外《ほか》と文句をいっていたが、由比進が将子の意に反し、率先して掃除をするのを見て離れに籠《こ》もってしまった。

屋敷の大掃除が終われば、次は寒九郎たちが住む長屋の大掃除である。寒九郎は、その日一日、朝から晩まで掃除に奔走した。

その一方、毎日の馬の世話や厩《うまや》の掃除も欠かすことは出来ない。

さすがに、その夜は、寒九郎もくたくたに疲れて、寝床にぶっ倒れるようにして眠った。

翌日、今度は明徳道場や明徳館の大掃除に駆り出された。これは、稽古納めのあと、門弟全員が手分けして行なう煤払いや掃除なので、屋敷の大掃除に比べれば、はるかに楽な作業だった。

さらに次の日には、起倒流大門道場での稽古納めがあり、その後道場の煤払いと大掃除を行なった。こちらも、門弟たちで一斉に掃除に取り掛かるので、短い時間で終えることが出来た。

掃除や煤払いも、みんなでやれば楽しい、と寒九郎は思った。

庭の日当たりの悪いところに、数日前に降った雪が融《と》けずに残っていた。空気は冷たく、吐く息が白くなっている。

寒九郎は静かに鉞《まさかり》を大上段に振りかざした。一瞬、鉞の動きを止め、十分に気を溜める。ついで立てた丸木の株の正中《せいちゅう》に狙いをつけ、一気に振り下ろす。

パカーンという甲高《かんだか》い音を響かせ、丸木は真っ二つに割れて両側に転がった。

寒九郎は割れた薪《まき》を摑み、薪の山に放り込んだ。すでに割れた薪が山積みになっていた。

「大吾郎、どこに出掛けるの？」

長屋から、おくにの怒鳴る声が聞こえた。

「ちょっと友達のところに行って来る」

大吾郎はおくにが止めるのを振り切るようにして、長屋を出て来た。

大吾郎は、着流しの着物の腰に脇差しを挟み、法被《はっぴ》を肩に掛けていた。寒九郎を見ると、

「ちょっくら野暮《やぼ》用があってよ」

と野卑な町人言葉を使い、下駄の歯音を立てながら門へと駆けて行った。

寒九郎は切り株の上にまた丸木を載せ、鉞を振り上げる。

「この忙しいときに、大吾郎は、また仲間のところに遊びに行くなんて」

台所からおくにが隣家のミネにぼやく声が聞こえた。

「…………」ミネが何かをいっていた。

「いくら、仕事がお休みだからって、遊んでいる時じゃないでしょ。ほんと寒九郎さんの爪の垢《あか》でも煎じて飲んでほしいところだよねえ」

おくにの嘆息が聞こえた。

本日は武田作之介は出掛けず、終日書院に籠もり、何やら書きものをしていた。上に出す報告書か上申書の類《たぐい》らしい。そのため、供侍の仕事もなく、大吾郎は骨休みを

していたのだった。

大吾郎の父親吉住敬之助は若党頭として下男や小者を使って、屋敷の屋根まわりの作事を行なっていた。

長屋の戸口からおくにが顔を出した。

「寒九郎さん、ご苦労さま。外は寒いでしょ。お茶を用意しましたよ。そんな薪割りは作次《さくじ》さんに任せて、家に入り、休みなさいな」

「ありがとうございます。ですが、これは、やっていると汗をかき、稽古の代わりにもなります」

寒九郎は首に巻いた手拭いで、額《ひたい》の汗を拭った。呼吸を整え、鉞を大上段に振り上げた。鉞は真剣の刀よりも重い。重心も刀とは違って鉞の先端にある。その重心を意識して、遠心力をかけて真直ぐに振り下ろさねば、薪をきれいに割ることは出来ない。物を斬る上で、鉞は木刀を振るよりも稽古になる。子どものころ、津軽でも遊び半分に薪割りを手伝った。鉞を振るうと、津軽にいたころを思い出す。

頭上で鉞を止め、株の上に載せた丸木を半眼で睨む。丸木の正中を見定め、一気に鉞を振り下ろす。鉞も真剣も、竹刀や木刀と違って空《くう》を切る音がまったくしない。それだけ、刃が鋭く滑らかに空を切るのだ。

鉞の刃が丸木の正中に当たって、木の節《ふし》に沿って割れる一瞬、軀に快感が走る。人を斬る後味《あとあじ》の悪い、嫌な感覚よりも、はるかにさっぱりしていて快い。

おくにが出て来て、傍《かたわ》らに立った。

「奉納仕合い、大吾郎でなく、寒九郎さんだったら良かったのにねえ。寒九郎さんが本気を出したら、大吾郎なんてきっとかなわないと思うんだけどねえ」

「いえ。大吾郎は強いです。謙遜ではなく、それがしこそ、大吾郎にはかなわない」

寒九郎は割れて薪になった木片を集めて、山の上に積んだ。

「でもねえ、今度の奉納仕合いは、これまでと違って、ほかの強い道場からも、大勢参加するというのでしょう？　大吾郎がいくら強いといっても、相手はもっと強いんじゃなくって？」

「大吾郎は年末に大門先生から特訓を受けることになっているし、大丈夫ですよ。心配ありません」

「そうかしらねえ。せっかく大門道場の代表に選ばれたというのに、寒九郎さんのようには稽古をしていないみたいだし。あんな怠け者の大吾郎を代表にして、大門先生は何を考えているんでしょうね」

おくにはため息をついた。が、すぐに気を取り直したようにいった。

「そうそう、寒九郎さん、幸のことだけど」

寒九郎はおくにの笑顔を見た。

「年明けの藪入《やぶい》りに、幸が家に戻って来る、といっているそうよ」

「そうですか」

寒九郎は、幸のはにかんだ顔を思い出した。

藪入りといえば、一月十四日の年越しが過ぎ、十六日の小正月である。ちょうど奉納仕合いが終わったあとになる。

「花嫁修行で、幸はどんな風に変わったかねえ。楽しみだわ」

「そうですねえ」

寒九郎は、散らばった薪を片付けながら、幸を思った。出来れば、あまり変わらず、昔のままの幸でいてほしい。寒九郎は心の中で密かに願った。

二

楓は息を弾ませ、寒九郎と人馬一体になって、飛ぶように疾駆《しっく》していた。

顔にあたる風は凍えるように冷たい。吐く息も人馬ともに蒸気のように白い。

背後から相馬泰助の馬が追走して来る。

埒《らち》沿いに葉を落とした林が続いている。二騎の駆ける勢いに、枝に止まっていた黒い鴉《からす》たちが羽音を立てて飛び上がった。

前方の埒の脇に藁人形が見えた。

寒九郎は楓を駆けさせながら、手綱を放し、鐙に立ち上がった。腰の刀を引き抜き、右八相に構えた。耳元で刀が空を切る気配がする。

前方の藁人形がみるみるうちに近付いて来る。

「うぉー」

寒九郎は鞍上《あんじょう》で腰を浮かし、足を突っ張らせた。両膝で馬の背を締める。気合いをかけた。藁人形が急速に迫った。

一瞬にして藁人形の脇を抜けながら、寒九郎は刀を右斜めに斬り下ろした。刀の刃は空を切って流れた。

いかん。遅かった。刀が藁人形に触りもしない。

「チョウーイ、チョウーイ」

相馬の励ます掛け声が聞こえた。

行く手に二体目の藁人形が見える。

なにくそ。

寒九郎は気を取り直し、楓の腹を鐙で蹴った。二体目の藁人形を睨んだ。鞍上に立ち上がる。また刀を右八相に構え直した。今度こそ斬る。

楓は速度を上げ、馬蹄を轟《とどろ》かせて駆ける。馬上は揺れ、寒九郎の軀も揺れる。鐙に突っ立ち、腰で揺れを吸収する。

馬場は坂になっていた。楓は弾むように大地を蹴り、軀を揺らした。馬の背を締める両膝ががくがくと揺れて震えた。

二体目の藁人形が眼前に迫った。寒九郎は目測し、藁人形の首に狙いをつけた。

「きええええい！」

藁人形の脇を駆け抜ける瞬間、寒九郎は刀を振り下ろした。刀の先が藁人形を擦《こす》って流れた。宙に藁屑《くず》が散った。

また遅れたか。

「何をしている！　半呼吸遅い！」

背後から馬に乗った相馬泰助の怒鳴り声が響いた。

半呼吸遅いか。

楓は坂を上り、速度を落とした。埒は左に回るように曲がっている。三体目の藁人形が、その先に立っている。

今度こそ斬る。

再び、刀を八相に構える。半眼で藁人形を捉えた。呼吸を整える。楓の速さと距離を目測した。

迫った。藁人形が目の前に立った。

「きえぇーい」

寒九郎は藁人形とすれ違う直前に刀を振り下ろした。刀の先が藁の塊を斬った。次の瞬間、寒九郎は振り下ろした弾みで、一瞬体《たい》を崩した。思わず馬の背を挟む膝の力が抜けた。

慌てて膝の力を入れて締めようとしたが、間に合わなかった。軀が後傾し、鞍に尻餅をついた。ついで尻が鞍から滑《すべ》った。

落馬！

寒九郎は咄嗟《とっさ》に手に持った刀を脇に投げた。同時に楓の背から転がり落ちた。地面に落ちた瞬間、地面を右手右腕で叩いて受け身をしながら転がった。

埒の棚が目前に迫った。埒にはあたらなかったものの、地べたに激しく背を打っていた。息が出来ない。ぜいぜい咳《せ》き込んだ。

相馬が馬から飛び降りて駆け寄った。

「大丈夫か」

「……はい、なんとか」

寒九郎は息を整えながら、楓を見やった。

楓は馬場の先で駆けるのを止め、寒九郎を振り返っていた。笑うようにいなないた。

「藁人形を切っても、その反動に負けてはいかん。落馬したのは、おまえが己れの腕の力だけで藁人形を切ろうとしたからだ。馬上剣の極意は人馬一体だ。人馬一体になり、馬の駆ける勢いを刀に載せて斬る。それを心得れば、落馬せずに済む」

楓が鼻を何度も鳴らしながら、とぼとぼと戻って来た。

「もう一度やってみろ」

相馬は寒九郎が投げた大刀を拾い上げながらいった。

「はい」

寒九郎は腰を擦りながら、刀を受け取り、腰の鞘に納めた。

人馬一体になれ、か。

楓、よろしうな。

寒九郎は楓の鼻面を撫でようとした。楓が寒九郎の手を咬もうとした。寒九郎はぱしんと鼻面を叩いた。

「師匠、もう一度、行きます」

寒九郎は相馬にいい、楓の背に跨がった。

「ようし、最初からやり直しだ」

相馬も馬に飛び乗った。寒九郎は楓の手綱を引き、馬の首を回した。鐙で楓の腹を蹴り、最初の出発地点に駆け戻った。

楓の首をまた返した。

相馬が一体目の藁人形の脇で手を振った。

「よおし、来い」

「行きます」

寒九郎は両の鐙で楓の腹を蹴った。楓は勢い良く走り出した。

寒九郎は速度が出たところで、また膝で楓の背を締め、鐙に立ち上がった。抜刀し、右八相に構える。

楓と寒九郎は一体となり、風を切って走る。

一体目の藁人形がみるみる近付いて来る。

今度こそ斬る。

寒九郎は楓の動きに軀の重心を合わせた。藁人形が急速に目の前に迫った。

「うぉー」

寒九郎は怒声を上げ、半呼吸早く藁人形に刀を振り下した。ついで刀を引いた。手応えあり。

藁人形が真っ二つになって転がった。

寒九郎は膝で楓の背をゆるく締め、流れた刀をゆっくりと振り戻した。再び右八相に構えた。

「チョーイチョーイ」

相馬が馬で追い掛けながら、掛け声をかけて寒九郎を励ました。

二体目の藁人形が迫る。寒九郎は呼吸を整え、刀に気を乗せる。

疾駆する楓に体を預ける。人馬一体を意識する。刀に楓の勢いを乗せる。

「きええええい」

二体目の藁人形が目前に迫った。寒九郎は刀を一気に振り下ろし、藁人形を叩き斬った。

楓と寒九郎は藁人形が割れて二つになるのを見もせず、走り抜けた。

よし、やった。

寒九郎は楓を止めて、馬上で振り返った。相馬が満足気にうなずいていた。藁人形は綺麗に二つに斬り裂かれていた。

三

寒九郎と相馬が屋敷の厩に戻ったのは、あたりが暗くなった時分だった。

寒九郎は楓に水をかけて軀を洗い、丁寧に藁で擦った。楓にたっぷりと飼い葉を与え、馬丁にあとを頼んで、相馬に挨拶をしてから、長屋に引き揚げた。

軀がくたくたに疲れていた。落馬の打ち身がいまごろになって疼《うず》き出して来る。

長屋に戻ると、長屋の前で四、五人の人影が集まって騒いでいた。大吾郎の遊び仲間の松本弾之介《まつもとだんのすけ》、吉川吉衛門《きちかわきちえもん》らだった。

「どうした？　みんなで押し掛けて来て」

「あ、寒九郎、えらいことになった」

吉川吉衛門が寒九郎に振り向いた。

「何があった？」

「大吾郎さんが大怪我をしたんだ」

「あろうことか、大吾郎さんが腕の骨を折ってしまった」

松本弾之介が顔をしかめた。

「なんだって？　どうして？」

「浅草《あさくさ》の節分会《せつぶんえ》に出掛けたんさ。そしたら、大吾郎さんが町奴《まちやっこ》たちと喧嘩になって、やつらから袋叩きにあった」

弾之介が口籠もりながらいった。

「おれたちが助けに行った時には、大吾郎さん、気絶していた」

「まだ気を失っているのかい？」

「いや。さっき気を取り戻したところだ」

「そうか。怪我の具合は？」

「それが……」

弾之介は言い出しかねて、吉衛門に助けを求めた。吉衛門も困った顔になった。吉衛門は、隣の川島佐助《かわしまさすけ》の顔を見た。佐助はみんなの代わりに説明した。

「それが、大吾郎さんは、やつらと争っているうちに高い櫓《やぐら》から落っこちてしまった。それで腕を折ってしまったんです」

「どちらの腕だ？」

「おい、冗談ではないぞ。奉納仕合いまでに一月《ひとつき》もない。腕は治るのか？」

佐助は吉衛門や弾之介と顔を見合わせ、顔を左右に振った。

「たぶん、だめだろう、と」

寒九郎は彼らを押し分け、戸口から長屋に入った。

吉住家の長屋では、行灯の仄《ほの》かな明るさの中、おくにとおミネが畳に寝転んだ大吾郎を介護していた。

「大吾郎」

「ああ、寒九郎か。面目《めんぼく》ねえ。気をつけていたんだが、やっちまった」

大吾郎は不自然に折れ曲がった右腕を左腕で抱え、顔をしかめていた。痛みを必死に堪えている様子だった。

折れた箇所は出血こそしていないものの、太股《ふともも》のようにどす黒く腫れ上がっていた。

「大吾郎、いま大門先生が来てくれるからね。痛いだろうけど我慢しなさい」

おくにが一生懸命に大吾郎の右腕に濡れた手拭いで湿布しながら、おろおろしていた。

「ほんとに、この子は、いつもこうやって親の私たちに心配をかけるんだからねえ。

困った子だよ。お父様になんて怒られることか」

寒九郎は大吾郎の裸の上半身を見回した。顔や胸、首のいたるところに擦り傷や青痣赤痣《あざ》が出来ている。

「大吾郎、いったい、何があったんだ？」

「ははは。たいしたことはない。つまらぬことで手を出してしまったんだ」

大吾郎は無理に笑い、不自然に折れ曲がった腕を押さえていた。

「相手から喧嘩を売られたのか？」

「いや。おれが先に手を出した」

「なに、おまえが喧嘩を先に売ったのか？」

「そういうわけだ」

「どうして、喧嘩を売ったんだい？」

「……仕方ねえんだ」

「仕方ない？　どうして？」

「後生《ごしょう》だからわけは訊かないでくれ」

大吾郎は目でおくにを指した。母親のおくにがいる前では話せない事情だ、ということらしい。

弾之介や吉衛門、佐助たちが寒九郎の肩越しに部屋の中を覗き込んでいた。大吾郎はじろりと仲間たちを見回した。目で、母親や寒九郎にはいうな、と命じていた。

外ががやがやと騒がしくなった。

「あ、先生が御出でになった」

「師範代もだ」

仲間たちの人垣が割れ、栗沢利輔を連れた大門老師が長屋に入って来た。

「先生、申し訳ありません。わざわざ、御呼びたていたしまして」

おくにが大門老師にしきりに頭を下げた。

「いやいや。遠慮なさらぬように。大吾郎が骨折したと聞いて、飛んできました。我らは骨接《つ》ぎもやるのでな」

「とんだことで、……申し訳ありません」

傍らでおミネも一緒になって頭を下げている。

寒九郎は大門老師と栗沢師範代のために軀をずらし、大吾郎の前を開けた。

大門老師は畳に上がり、大吾郎の前に座った。栗沢師範代も一緒に並んで座る。

「どれどれ。診《み》せなさい」

「あ、先生、済みません」

大吾郎は座り直し、腫れて折れ曲がった腕を差し出した。

「ほんとだ。これは見事に腕が折れておるのう。放っておいたら、腕をばっさり切らねばならなくなるぞ」

大門老師は大吾郎の右腕の様子を丹念に調べはじめた。大吾郎は大門老師が腕を触診するだけで顔をしかめ、痛がった。

「痛いか？」

「…………」大吾郎は答えず我慢している。

「大吾郎、このまま、折れたところを伸ばさずにおけば一生折れ曲がった腕になってしまうぞ。それは嫌だろう？」

「嫌です。お願いです。なんとか、直してください」

「わかった。荒療治になる。痛いぞ」

「はい。覚悟しています」

「先生、お願いです。どうか、この子を不憫《ふびん》と思って治してください」

おくにが脇からいい、頭を下げた。

「よかろう。我慢しろ」

大門老師は大吾郎の右手を摑み、思い切り引っ張った。

「腕の肘の関節が脱臼《だっきゅう》しておるな。まずは伸ばして脱臼を治さないといかん」

「…………」大吾郎は額に脂汗《あぶらあせ》を流し、歯を食いしばっていた。

「師範代、こやつの軀を動かぬように押さえておけ」

「はい」

師範代は大吾郎の背後に回り、背後から大吾郎の軀を押さえた。大門老師は大吾郎の腕を引っ張り、ぐりぐりと関節を回す。

「痛っ！」

大吾郎の口から苦痛の声が洩れた。同時に腕の関節の骨が入る音がした。曲がった腕は真っ直ぐになった。

「師範代、添え木を」

「はい。誰か、薪を一本持って来い」

師範代は門弟たちに指示した。

弾之介や佐助が飛び出して行った。

「お母さんたち、お湯と晒《さら》しを用意してください」

「はい」

おくにとおミネはさっと立ち上がり、台所に去った。

「寒九郎、こいつの腕を押さえておけ」

大門老師は寒九郎に顎をしゃくった。寒九郎は大吾郎に近寄り、大吾郎の右腕を両手で握って動かないように押さえた。

「大吾郎、何をやったのだ？」

「はい。櫓の上から落ちまして」

「それで？」

「右手右腕で大地を叩いて受け身をしようとしたら、見事この様《ざま》に」

大吾郎は脂汗を流しながら、痛みに堪えていた。

弾之介たちが戻り、それぞれ持っている薪木を差し出した。

「先生、これでいいでしょうか？」

「うむ。これがいいか」

大門老師は薪木の中から細い板状の木片を選び出した。

「お湯です」

おミネが湯を入れた手桶を運んで来た。

「師範代」

大門老師は師範代に目配せした。師範代は手拭いをお湯に浸し、水を絞ると、大吾郎の腕を拭《ぬぐ》い出した。出血している擦り傷を丹念に拭って、土や塵《ちり》を洗い流す。

そこへ、おくにが白い晒しを持って現われた。

「これでよろしいでしょうか」

「うむ。十分だ」

大門老師はうなずいた。師範代がきれいに洗った患部を晒しでぐるぐる巻きにした。その上に大門老師が、三本の細い薪木を折れた腕の箇所に添え木としてあてた。

師範代がまた添え木ごと晒しをぐるぐる巻きにした。大腿部よりも太い腕になった。

「とりあえずの応急処置だ。いまは腫れているので、あまりいじれない。今夜は熱が出て腕はぱんぱんに腫れるだろう。このまま、濡れ手拭いで冷やすしかない」

「はい」

「腫れが引いたら、あらためて添え木や包帯を巻き替え、腕を固定する」

「先生、何日ぐらいで治るのでしょう?」

「全治一ヵ月というところかな」

「なんとしても、奉納仕合いに出たいのですが」

「無理だな。腕が折れていては、竹刀も振れない。喧嘩をした罰だ。自業自得《じごうじとく》だ」

「ああ」

大吾郎は嘆息した。

「奉納仕合いへの出場は、寒九郎に交替だ」

寒九郎は「えっ」と驚いた。

「寒九郎、俺の代わりに頼む」

大吾郎は寒九郎に頭を下げた。

「いや。それがしは、まだ起倒流を会得しておらぬ。俺のほかに、弾之介や吉衛門、佐助がいるではないか」

弾之介や吉衛門は仰天《ぎょうてん》した。

「冗談ではない。それがしは無理でござる」

「それがしも」

吉衛門も慌てて手を振った。佐助も急いでいった。

「無理無理。そんな大役は無理でござる」

大門老師はにやっと笑い、栗沢師範代と顔を見合わせた。

「そうだな。この際、寒九郎に出てもらおうか」

「まさか。それがしは、まだ起倒流のいろはしか学んでおりません……」

「師範代、寒九郎に特訓すれば、なんとかなるのではないか？」

「そうですね。それがしも、この際、寒九郎をしごきにしごいて、小目録《もくろく》を出せるくらいまで」

「師範代、ごめんこうむります。それがし、まだまだ未熟者でござる」

「いや。寒九郎、我らはおぬしが、いい筋《すじ》を持っていると話し合っていたところだ。大吾郎がこの状態では、おぬしに代役を務めてもらわねば、わが起倒流大門道場は名を残すことができん」

「そうだよ。寒九郎、おぬし、この機会に短期間で、起倒流を習得出来るのだぞ。少し厳しい修行になるが、やりごたえはあるはずだ。そうですな、先生」

栗沢師範代は大門老師に同意を求めた。

大吾郎も痛みに堪えながらいった。

「寒九郎、頼む。俺の代わりに、起倒流大門道場の名を上げてほしい。おまえなら、出来る。正直いって、俺よりもおまえの方が上だと思っていた。口惜しいが、俺の代わりに出てくれ」

寒九郎は腕組みをした。

目を瞑《つむ》った。ここで尻込みをしていたら、夢の中にいつも出て来る大男に腰抜け、弱虫と嘲笑《あざわら》われるだろう。

大門老師が諭《さと》すようにいった。

「どうだ、寒九郎。やってみるか？」

「やれ、寒九郎。おまえ、男だろう」

栗沢師範代もいった。

「頼む、寒九郎」

弾之介も吉衛門も佐助も、ほかの門弟たちも固唾《かたず》を呑んで寒九郎を見守っていた。

やれ！　やるんだ、寒九郎。

心のどこかで、天の声が降りて来た。父上や祖父の声のように感じた。

これがおまえの宿命だ。

蓑笠を着た大男の声も心の中で響いた。

「分かりました。大吾郎の代わりに出させていただきます」

「よーし、そう来なくては。それでこそ、サムライだ」

栗沢師範代がどんと寒九郎の肩を叩いた。

おくにとおミネも大きくうなずいた。

「明日から道場で特訓だ。いいな、あと仕合いまで一月《ひとつき》もない。気張れ」

栗沢師範代が寒九郎を諭すようにいった。

「はい。よろしうお願いいたします」

寒九郎は大門老師と栗沢師範代に頭を下げた。頭を下げながら、ふと、夢の中に出て来る大男は、何者なのかと思った。いつも、相手に尋ねようとしていて、忘れてしまっていた。今度、現われたら、詰問しよう。

「寒九郎、俺の代わりを頼むぞ」

大吾郎は痛みを堪えながら、左手を伸ばし、寒九郎の手を握った。

四

寒九郎は半ばやけくそになって走っていた。

走りやすいようにと、袴は脱ぎ、町奴のように、着物の裾を尻っぱしょりの下帯《したおび》姿だ。

まだ人気《ひとけ》ない早朝とはいえ、丁髷《ちょんまげ》を結った侍が尻丸出しで、駆けている姿は想像するだけでもみっともない。

冬の朝は凍えるように寒い。尻丸出しの格好だから、木枯らしでも吹こうものなら、尻の肉が霜焼けになりそうになる。

「寒九郎、気合いを入れろ」

栗沢師範代の叱咤が後ろから飛んだ。

「はいっ」

寒九郎は必死に走る。その師範代の栗沢利輔は馬に跨がり、のんびりと後ろから付いてくる。

大門老師から命じられた特訓は、体力作りだった。

朝駆け、山駆け、岩場駆け。ともかく、山野を跳《と》び跳《は》ね、どんな事態にも対応出来る敏捷《びんしょう》な軀を作れ、というのだ。

しかし、寒九郎は不満だった。

剣術や棒術の稽古でなく、どうして、こんな肉体の鍛練が必要だというのか？

大門老師いわく。

「起倒流の極意は、一に体力、二に体力、三、四はなくて、五に体力。体力なくして、我が体術なし」

栗沢利輔師範代いわく。

「寒九郎、おまえに欠けているのは体力だ。軀を鍛えよ。強靭な軀を得れば、自ずから不屈の精神が宿る。無敵の心を支えるのは、何事にもへこたれない強靭な軀だ」

そのためには、それからでいい」

「まずは走れ。走りに走って足腰を鍛えよ。剣術、棒術、体術の技術は、

寒九郎は、連日、朝暗いうちから起き出し、栗沢師範代の指導の下《もと》、走っている。

武田屋敷から馬場に向かい、さらに郊外の山野を駆け、岡の頂《いただき》まで登る。そこで、朝焼けの赤富士を遠くから拝み、ついで、山頂近くの岩場を駆け巡る。そうやって、また道場まで走って帰る。その往復の距離、およそ十里。それを毎日くりかえす。

はじめの三日間は軀がきつくてきつくて辛かった。だが、七日も経つと不思議なことに走るのに慣れてしまい、半月も過ぎたころには走るのが楽しみになった。雨の日も雪の日も、木枯らしが吹く日も、寒九郎はひたすら走りに走った。

寒九郎が、いつものように朝駆け、山駆け、岩場駆けを終え、道場に駆け戻ると、大門老師が待ち受けていた。

大門老師は、直ちに水垢離《みずごり》をし、稽古着に着替えろと寒九郎に命じた。

寒九郎は井戸端で冷水をかぶって水垢離をした。稽古着に着替え、道場に戻ると、大門老師と栗沢師範代が白装束を着込み、白鉢巻《はちま》きに白襷《だすき》姿で正座していた。

さらに、右腕を三角巾で吊った大吾郎も神妙な顔で控えていた。

寒九郎は、大門老師、栗沢師範代とともに、神棚に拝礼した。

大門老師は、いつになく荘厳な面持ちで、寒九郎に向き直っていった。

「これより、起倒流表十四本裏七本の術を口伝《くでん》する。謹《つつし》んで拝受いたせ」

「謹んで拝受いたします」

寒九郎は大門老師に平伏した。

大門老師は厳《おごそ》かに告げた。

「これから伝える秘伝は口外無用だ。短い期間ですべては伝授出来ぬ。ゆえに、まずは、我が流派の神髄である本体、つまり、対戦するための体の様、さらに格闘や戦闘の戦術戦法の要訣《ようけつ》を伝授する。いいな」

「ありがたき幸せに存じます」

寒九郎は頭を下げた。

「我が流派の表十四形、裏七形の基本は、組討ち、投げ技にある」

大門老師は立ち上がり、寒九郎に正対するように促した。

「これまで、おぬしや大吾郎に教えた投げ技、体術は、基本中の基本である技五形だった。十四形、七形は、さらに奥がある。しかも、そのまた後ろに、柄取《つかと》り、小尻返《こじりがえ》し、諸手取《もろてど》り、二人取り、四人詰め、居取りなど柔術の秘伝技もある」

いきなり、大門老師の手が寒九郎の額に延び、ぽんと叩いた。寒九郎は、一瞬、その手に気を取られた。大門老師の手が寒九郎の腕を摑んだ。次の瞬間、寒九郎の軀は前方に転がった。寒九郎は受け身をした。寒九郎の軀にふわりと大門老師がのしかかり、首に手刀が当てられていた。

「これは、教えたな。誘いの術、虎喰いだ。寒九郎、こうなったら、どうする？　思い切り反撃しろ」

寒九郎は大門老師の軀を撥ね除け、立ち上がった。すかさず大門老師の胸に正拳の突きを入れた。

「チョーッ」

大門老師は寒九郎の突きを胸の前でひらりと躱し、その腕の袖を摘《つま》むようにして摑んだ。足がかけられ、寒九郎は勢いよく前に転がった。大門老師の軀がまたも寒九郎の上にかぶさった。大門老師の拳が寒九郎の喉元に当てられていた。

「秘技陰陽中《いんようちゅう》だ」

大門老師はにやりと笑った。寒九郎は、おのれ、と大門老師の拳を払い、転がって避けた。すぐに立って、大門老師の胸ぐらを摑んだ。強引に腰車《こしぐるま》をかけ、投げ飛ばそうとした。

大門老師の軀は寒九郎の腰に乗ったと思いきや、胸ぐらを摑んだ寒九郎の腕がはずされ、逆にねじり上げられた。寒九郎はその場にねじ伏せられ、首に手刀が当てられていた。

「秘技二勢中《にせいちゅう》だ」

「参りました」

ねじ伏せられた寒九郎は、床を叩いた。

大門老師は寒九郎の背に乗せた膝を退《ど》けた。

「これら秘技のいくつかを伝授いたす。寒九郎、励め。いいな」

道場の端に正座した大吾郎が食い入るように大門老師と寒九郎の組討ち稽古を睨んでいた。

かくして、年の暮が押し迫った中、大門道場において、大門老師や栗沢師範代の熱気が籠もった特訓が始まった。

五

夜空に満天の星が輝いていた。

寒九郎は稽古を終え、大吾郎と一緒に家路についた。

三日月と星の明かりが帰り道を照らしている。どこからか犬の遠吠えが聞こえた。

通りには、夕餉《ゆうげ》の煙が漂っていた。

大吾郎は吊った右腕を庇うようにしていた。

「寒九郎、つくづく、自分が情けなくて仕方がない」

大吾郎は長い嘆息をついた。寒九郎は慰めた。

「この機会だから、ゆっくり養生して、怪我を癒《いや》すんだな。焦っても仕方ない」

「こんな怪我をしなければ、俺が先生から特訓を受けていたところだったのだがな。

寒九郎が羨ましいよ」

「いったい、どうして、そんな骨を折るようなことになったんだ？」

「……ま、いろいろあってな」

月明かりの中で、大吾郎はぐすりと鼻をすすり上げた。

「いいたくなければ、いわんでもいいが」

「いや、寒九郎には話をしておきたい」

大吾郎は照れたような笑みを浮かべた。

「俺、実は好きな女子《おなご》が出来たんだ」

「へぇえ。驚いたな」

「驚くこともあるまい。おまえだって、妹の幸が好きなんだろう？　以前、俺は兄貴として寒九郎と妹が仲良くするのに反対だったが、互いに好き合った者同士に水を差すこともあるまい、といまは思っている。それも、俺に好きな女子が出来て分かったことだ」

「そうか。で、その女子は、どこの娘さんなのだ？」

「浅草観音境内の水茶屋で働いている娘でな」

「大吾郎、おまえ、水茶屋なんぞに出入りしているのか」

寒九郎は驚いた。大吾郎は照れたようにいった。

「ちょっとわけありなんだ。水茶屋に出入りしているわけではない。そんな金もない」

「じゃあ、どうして、水茶屋の娘と知り合ったのだ？」

「祭りの時、町奴たちに、娘がからかわれているところにさしかかり、行き掛かり上、見ていられず、その娘を助けたんだ。そうしたら、その娘が水茶屋でお手伝いとして働いているのが分かった。それ以来、その水茶屋に行くようになり、その娘と付き合うようになったんだ」

大吾郎は頭を掻いた。寒九郎は頭を振った。

「よく、水茶屋で遊ぶ金があったな」

「みんなから金を借りた。いつかは返さねばならんと思っている」

「その娘が、喧嘩の原因か？」

「そうなんだ。先日、弾之介や吉衛門から金を借りて、浅草の節分会に出掛けたんだ。そこで、その娘と落ち合い、一緒に豆撒きを見に行った。そうしたら、前に娘にちょっかいを出した町奴連中に出くわしてしまったんだ」

「それで、相手と喧嘩になったのか？」

「相手は七、八人で、前に俺にやられたことを覚えていて、すぐに仲間を呼びやがった。あっという間もなく、三十人以上になってしまった」

「前の喧嘩のように、逃げればよかったのに」

「女子を放り出して逃げられるか？」

「そうか。女子を守らねば、男がすたるか」

「だから、女子に逃げろといい、俺がやつらに殴りかかった。先手必勝だ」

「それで女子は無事逃げたか？」

「逃がした。俺はやつらを引き付け、豆撒きの櫓によじ登った。そして、最後、逃げる途中で落ちて、このざまになった」

　大吾郎は三角巾で吊った右腕を動かした。

「それで、折り入って、寒九郎に頼みがあるんだ」

「なんだ？」

「浅草観音の水茶屋に行ってくれんか。そして、美保《みほ》が無事かどうか、確かめてほしいんだ」

「美保というのか？」

「うむ。可愛《かわい》い娘だ」

　大吾郎は照れた。

「行ってくれるか？」

「おまえ、自分で会いに行けばいいではないか」

「俺が行きたいのはやまやまだが、きっと町奴の連中、俺を見たらただではおかないだろうからな。頼む」

「じゃあ、行ってやるしかあるまい」

「すまん」

「美保どのに会ったら何というのだ？」

「俺が無事だといってほしい。ちょっと怪我をしたが、すぐに元気になるってな」

「分かった」

「正月になったら、きっと会いに行くとも」

「大吾郎、手紙を書け。俺がいうよりも、手紙の方がいい。それがしが、手紙を美保どのに届ける」

「俺、手紙を書くのが苦手なんだ。何と書けばいいのか、分からない。それに、俺の字は汚い。おぬし、代わりに書いてくれぬか」

「だめだ。いくら下手《へた》でも、手紙は本人が書かねば、相手に誠意は伝わらぬ」

「困ったな。本当に苦手なんだ」

大吾郎は困った顔をした。

「仕方ない。俺が手伝うから、手紙は自分で書けよ」

「分かった。手紙を書くのを手伝ってくれ」

「家に帰ったら、手伝おう」

「ありがたい。俺、女子に付《つ》け文《ぶみ》なんぞしたことがない」

「それがしもない。だが、なんとかなるだろう」

寒九郎は幸を思った。そういえば、幸にも手紙を書いたことがない。だが、幸にと思って書けば、美保への手紙はなんとか書けそうに思った。

満天の星がさざめき、寒九郎と大吾郎のやりとりを笑っていた。

六

寒九郎は叔父武田作之介に、大吾郎の代わりに起倒流大門道場の代表に選ばれたことを報告し、その稽古のため、奉納仕合いまで馬廻り見習いの仕事を休みたいと願い出た。

武田作之介と叔母の早苗は、寒九郎の話を聞き、ともにおおいに喜んだ。しっかりやるようにと寒九郎を激励した。

武田由比進も明徳道場の代表候補の一人になっており、もし、由比進と寒九郎の二人が揃って奉納仕合いに出るとなったら、武田家の誉《ほま》れとして鼻が高い、というのだった。

寒九郎は馬廻り小頭の相馬泰助には事前に訳を話して了解済みになっている。

とはいえ、寒九郎は日に一度は厩に顔を出し、楓と戯《たわむ》れた。楓といれば、どんな辛い稽古でも疲れが吹き飛んでしまう。

大門道場の稽古は、暮も正月もなかった。

連日、朝早くから夕方暗くなるまで、体力作りの鍛練をし、さらに、剣や棒術、投げ技、組討ちの稽古をくりかえした。

大晦日《おおみそか》は、大門老師が相手をし、起倒流剣術の稽古で締め括った。

その後、大門老師をはじめ、栗沢師範代、寒九郎、大吾郎など門弟一同打ち揃い、日枝神社に参拝し、除夜の鐘を聞いた。

初詣《はつもうで》は、吉住敬之助、おくに夫婦の御供をし、大吾郎と一緒に日枝神社に参拝をした。

正月らしいことは、それだけで終わり、正月二日からまた荒稽古の特訓だった。

寒九郎は大門老師や栗沢師範代が驚くほど、めきめき腕を上げ、新年に入るころには、大吾郎を追い抜いて、小目録を取れるほどまでに力を付けた。

一月七日、大門老師は、おくにやおミネが作った七種粥《ななくさがゆ》をすりながら、厳《おごそ》かにいった。

「寒九郎、よくぞ、短期にここまで腕を上げた。まだ大目録、免許皆伝には届かないが、起倒流乱《らん》の目録の表三箇、奥二箇の技は習得したと認めよう」

大吾郎や弾之介、吉衛門たちは羨望《せんぼう》の眼差しで寒九郎を見た。

「ありがとうございます」

寒九郎は大門老師に深々と頭を下げた。

大門老師はうなずいた。

「寒九郎、おぬしは、表五箇のうちの『體《たい》』『左右』『前後』の三箇、裏五箇のうちの『行連《ゆきづれ》』『身砕《みくずし》』の二箇の技を習得したと見た。奉納仕合いまで、あとわずかな日数になった。ここで新たな技を習うよりも、習得した技をくりかえし行ない、技に磨きをかけよ。それで十分に仕合いで闘えるはずだ」

「はい。ありがたき幸せ」

寒九郎は軀の内から新たな力が湧いてくる気分だった。やれる。

寒九郎は胸を張り、大きく息を吸った。

大門老師は寒九郎を優しい目で見つめた。

栗沢師範代が粥をすすりながら、にやりと笑った。

「先生、寒九郎といい、大吾郎といい、二人ともまこと教え甲斐のある弟子ですなあ」

弾之介と吉衛門、佐助が膝を乗り出した。

「師範代、それがしたちは、駄目な弟子ですか？」

「見込みなし、というのですか？」

「稽古をしても無駄だとおっしゃるのですか？」

「そうではない。寒九郎と大吾郎の二人が抜きん出ていると申しただけだ。おまえらも、努力次第で、寒九郎や大吾郎を追い抜くことが出来ようぞ」

栗沢師範代は大門老師と顔を見合わせて笑い合った。

寒九郎は七種粥をすすりながら大吾郎を見た。大吾郎は口惜しそうに顔をしかめ、片手で椀を持ち、粥をすすっていた。大吾郎はやはり起倒流大門道場の代表として奉納仕合いに出たかったのに相違ない。

道場からの帰り、寒九郎は一緒に歩きながら、しょんぼりした大吾郎を励ました。

「大吾郎、そんなに腐るな。元気を出せ。その腕さえ治れば、おまえは必ず、それがしよりも強くなる」

「そんなことは、どうでもいいんだ」

大吾郎は頭を振り、ため息をついた。

「え？　どうでもいい？　いったい、どうしたんだ？」

「……美保から返事が来ないんだ」

大吾郎は肩を落とした。

先日、寒九郎は大吾郎に美保への付け文を書かせた。我ながら名文だと思った。他人の付け文ならいくらでも書ける。寒九郎は密かに幸を思いながら文章を考えた。

仕上がった手紙は、大吾郎が吉衛門に頼んで、水茶屋に届けさせた。その返事が来ない、というのだ。

寒九郎は訝《いぶか》った。

「吉衛門は、本当に美保どのに手紙を手渡したのか？」

「手渡したといっていた」

「吉衛門は美保どのを知っているのだろうな」

「知っている。一度、一緒に茶屋へ行った。その時、美保に会わせたからな」

「ふうむ」

寒九郎は首を傾げた。

付け文に書いた内容がいけなかったのか？　美保は付け文を読んで怒り、大吾郎に返事を寄越さないのか？　それなら、己れにも責任がある。

「もしかして、美保は俺が嫌いになったのかな？」

大吾郎は不安そうな顔をした。寒九郎は大吾郎にいった。

「おぬし自身が水茶屋に出掛けて確かめたらどうだ？」

「それが出来るなら、はじめから、そうしている。こんなみっともない格好で行けると思うか？」

大吾郎は右腕を寒九郎に突き付けた。寒九郎は訊いた。

「美保どのも、おぬしが美保どのを守るために、町奴たちと喧嘩して怪我をしたのを知っているのだろう？」

「たぶんな」

「だったら、きっと美保どのも、おぬしのことを心配していると思うが」

「そうだろうか？　だったら、なぜ、返事を寄越さないのだろう？」

大吾郎は暗い面持ちで嘆息をついた。

寒九郎は、付け文の内容が問題だったのではないか、と責任を感じた。だが、それは敢《あ》えていわなかった。

「もしかして、誰かが美保どのが返事を出させないようにしているのかも知れない」

「誰が？　あの町奴の連中が邪魔をしているというのか？」

「かも知れん。あるいは、親兄弟とか姉妹とかが、おぬしとの付き合いに反対しているかも知れない」

「ふうむ。そうか。親兄弟ねえ……」

大吾郎は真剣な顔で寒九郎を見た。

「寒九郎、どうだろう。俺の頼みを聞いてくれないか？」

「どんな頼みだ？」

「俺の代わりに、水茶屋に行って美保に会って確かめてくれ。俺のことが嫌いか」

「それがしが行くのか？」

「お願いだ。もし、俺とは二度と会いたくないというのなら、俺、男らしく、きっぱり諦める」

「吉衛門では駄目なのか？」

「ふたりとも頼りにならぬ」

「ううむ。参ったなあ」

「頼む。一生のお願いだ」

大吾郎は寒九郎に片手拝みをした。

「それがし、これまで、水茶屋など入ったことがない」

「いや、なんてことはない。ただ茶を飲ませてくれる店だ。ほかに何も怪しいところはない。これこの通りだ。寒九郎、頼む」

寒九郎は大吾郎の強引な頼みに引き受けざるを得ない気持ちになっていた。

七

浅草仲見世《なかみせ》通りは、浅草観音に参詣する人々で賑わっていた。新年らしく着飾った女たちが笑いさざめきながら歩いて行く。

侍や町人の男たちも新しく仕立て下ろした着物を着込み、新年にふさわしい装いをしている。

寒九郎は、今日は稽古を早めに切り上げ、大吾郎の頼み通りに、美保のいる水茶屋を訪ねることにした。

「まだ先なのか?」

寒九郎は浅草仲見世にずらりと並んだ土産《みやげ》店や食物屋、小物売り店をじろじろと見ながら、案内役の吉衛門に訊いた。雷門《かみなりもん》を潜《くぐ》ってから、だいぶ歩いている。

「もうちょっと行ったところ。浅草観音の境内の伝法院《でんぽういん》の前に並んだ水茶屋のひとつなんだ」

「店の名は？」

「高松《たかまつ》やだ」

吉衛門は、ぞろぞろと歩く人波に混じった、振り袖姿の娘たちをきょろきょろ見回していた。娘たちは周囲の男たちの目を意識してか、いつになく華やいでいた。

娘たちのあとから、寒いのに、わざと着物を尻っぱしょりし、尻を丸出しにした荒くれ者が肩を怒らせて歩いて来る。四、五人が群を組んでいる。いずれも、町人髷の月代を斜めにし、凄んだ目付きをしている。

「やばい。あいつら町奴だ」

吉衛門はそっと寒九郎の陰に隠れ、通りすがりの町奴に見られないようにした。

町奴たちは着物の袖を捲《まく》り上げ、刺青《いれずみ》をちらつかせている。すれ違いざま、町奴の一人は、寒九郎に眼《がん》を飛ばした。寒九郎は取り合わず、視線をそらした。

無用な喧嘩は買いたくない。

「あやつらか？　大吾郎と喧嘩した連中は？」

「いや、違う。だが、きっと同じ仲間だ」

吉衛門は町奴たちが通り過ぎると、ほっとした顔になった。

やがて仲見世は終わり、浅草観音の境内に入った。境内にずらりと二十軒ほどの水茶屋が並んでいる。

「あの八軒目の店だ」

吉衛門は指差した。木の看板に「高松や」と書かれている。紺色の暖簾《のれん》が風にそよいでいた。店の前の縁台で、参詣客たちが腰を掛け、茶を飲んでいた。

「あの店に間違いないな?」

「うむ。間違いない」

吉衛門はうなずき、素早く店の周りを見回した。

「ちょっと店の中の様子を見て来る。町奴がいたらまずいんでな」

吉衛門は店の出入口の暖簾を潜り、障子戸を開けて、店内をちらりと覗いた。吉衛門はすぐに戸を閉め、寒九郎に顔を向けた。

「まずい」

吉衛門は逃げ腰で戻って来た。

「どうした? 町奴たちがいるのか?」

「いや。やつらはいなかったが、明徳の連中がいるんだ」

「なに明徳の者がいるだと?」

「寒九郎、おぬしも明徳だからいいが、俺はだめだ。中にいるのは明徳でも、前に喧嘩した相手だ」

以前、大吾郎たちは、明徳道場の大内たちと大喧嘩をしたことがあった。

「それがしなら、大丈夫だ。いったい、誰がいるのだ？」

寒九郎は戸口に近付き、入り口の障子戸を細目に開けた。

店の中の縁台に、大内真兵衛が三、四人の仲間たちと座っていた。

「あいつら、こんなところで遊んでいるのか」

寒九郎は後ろから、どんと突かれた。

「おい、そこをどけ。若いの」

振り向くと、げじげじ眉毛の大男の顔があった。町人髷の町奴だった。大男は、寒九郎よりも頭一つ上背《うわぜい》があった。

「入るのか、入らねえのか。さんぴん、はっきりしろやい」

寒九郎はゆっくりと軀を開いた。げじげじ眉毛の大男の背後には、七、八人の町奴たちがやがやと話していた。いつの間にか、吉衛門の姿は消えていた。町奴たちを見て、いち早く退散したのだ。

「なんでえ、さんぴん、入らねえなら、こんなところに突っ立っているなよ」

大男の町奴は寒九郎を押し退け、入り口で着物の尻捲りをやめた。がらりと障子戸を引き開けた。

「いらっしゃいませー」

店の中から女の声が聞こえた。

「おう、ごめんよ。茶すすりに来たぜ」

大男は寒九郎を置いて店内に入って行った。

「おい、さんぴん、さっさと、どきやがれ」

大男に続いて町奴たちがぞろぞろと肩を怒らせながら店内に入った。

「いらっしゃいませ」

女将が出て来て、大男たちを出迎えた。

女将《おかみ》は寒九郎を見ていった。

「あら、珍しい。お侍さんもお連れですか?」

「この若造は違うわい。こいつは、店の前でうろうろしていたさんぴんだ」

大男は鼻の先で笑い、女将に答えた。

「おい、寒九郎、こっちだこっちだ」

大内真兵衛の声が響いた。大内が手を上げ、寒九郎を手招きしている。

「寒九郎、なにをうろうろしておる。女将、そいつは俺たちの連れだ」

「あら、大内様のお連れでしたか。いらっしゃいませ、さあ、どうぞ」

女将は笑い、寒九郎を大内たちの席に案内した。

大男は仲間たちと顔を見合わせた。

奥から年増《としま》の仲居が出て来た。

「あら、平治《へいじ》さんたち、いらっしゃいまし。さあさ、奥の空いた席にどうぞ」

仲居は愛想笑いをしながら、大男の手を取り、奥へ導いた。

町奴たちは大内たちを睨みながら、奥の席に入って行った。

いくら威勢のいい町奴でも、旗本の侍たち相手では分《ぶ》が悪い。

大内真兵衛がにやりと笑い、寒九郎を手で招いた。

大内は配下の旗本の仲間四人と茶を飲んでいるところだった。

大内の前には、側近の宮原上衛門《みやはらかみえもん》が座っていた。上衛門は酒を飲んだらしく、息が酒臭く、真っ赤な顔をしていた。

上衛門はじろりと寒九郎を見た。

「おやおや、珍しいな。寒九郎、おぬし、こんなところに出入りしておるとは隅に置けないな」

「おい、杉、寒九郎と席を替わってやれ」

大内は宮原上衛門の隣にいた子分の杉浦晋吾《すぎうらしんご》に、どけと顎をしゃくった。

杉浦晋吾は席を寒九郎に譲り、大川次衛門《おおかわつぎえもん》と納屋丈太郎《なやじょうたろう》の間に座った。杉浦晋吾、大川次衛門、納屋丈太郎、いずれも、いつも大内と連《つる》んでいる旗本仲間だった。江上剛介と近藤康吉の顔はない。明徳道場の代表候補となっている二人は、さすがに水茶屋に来て遊んでいる暇はないのだろう。

寒九郎は内心、弱ったな、と思った。

ここで大内の招きを拒めば、何をいわれるか分からない。浅草の水茶屋に出入りして遊んでいるという噂を流されれば、明徳館や明徳道場の先生たちに問題視され、叱責を受けるだろう。明徳館や道場への出入り禁止になるかも知れない。

叔父の武田作之介、叔母の早苗に、無用な心配をかけることになるだろう。

大内真兵衛たちは、父親の大内左内という大旗本が控えているので、明徳の先生たちは何もいわない。だが、寒九郎は、ここでは旗本でもなく、まったくの余所者《よそもの》だ。いくら、旗本の武田作之介が後見人をしているとしても、事実上、武田家の食客《しょっかく》のようなものだ。

叔父上や叔母上に迷惑をかけるわけにはいかない。

寒九郎は意を決して、大内真兵衛の傍《そば》の席に座った。

「女将、酒だ、酒を持って来い」

大内は大声で女将に叫んだ。女将は笑いながら現われていった。

「大内様、うちは、水茶屋ですよ。お茶ならともかく、酒は出せません」

「おうそうだ。分かった分かった。じゃあ、茶だ、茶をもう一人分頼む」

「はいはい。いま、お手伝いがお持ちします」

「それはそうと、お福《ふく》はまだか？　来てから、だいぶ待つぞ」

「お福はまもなく参りますよ。もう少しお待ちくださいませ」

女将は奥へ引っ込んだ。入れ替わりに、若い娘が盆に茶碗を載せて現われた。

「いらっしゃいませ」

手伝いの娘は愛想笑いをし、寒九郎の前に盆を置いた。茶漉《こ》しを茶碗に掛け、土瓶の湯を注いだ。芳《こう》ばしい茶の香が鼻をくすぐった。

「ありがとう」

寒九郎は娘に礼をいい、茶碗を取り上げ、熱い茶をすすった。

「ごゆっくり」

娘は愛敬のある丸顔に笑みを浮かべ、寒九郎に流し目をし、引き揚げて行った。

大内がにやけた顔でいった。

「寒九郎、あの手伝い娘、おぬしに気があるようだぞ」

「さようさよう。あの新入りの手伝い、俺たちには目もくれず、寒九郎に笑いかけておった」と杉浦が調子を合わせる。

「妬《や》けるのう」と大川次衛門が応じて笑う。

「妬くな妬くな。新顔はもてるものだ」と納屋丈太郎が宥《なだ》めるようにいった。

「ふん、新参者めが」

宮原上衛門が不機嫌な声を立てた。

「みなさん、冷やかさないでください」

寒九郎は頭を振った。

大内は寒九郎に向いた。

「おぬし、ここへは、いったい誰を目当てに参ったのだ?」

大内は店内を見回した。ほかの桟敷の客たちには、それぞれ、茶汲み娘が一人ずつ座り、接待していた。

「ここの看板娘のお福か?」

「いえ」

「じゃあ、誰だ? お良《よし》か?」

「まさか、おトヨじゃあるまいな」

　納屋丈太郎が渋い顔をした。大川次衛門がふざけていった。

「丈太郎の恋敵《こいがたき》が現われたか」

「冗談いうな。おまえが惚れたお竜《りゅう》に会いにきたのかも知れんぞ」丈太郎が嘯《うそぶ》いた。

「いやいや、やはり、大内さんが熱を上げているお福じゃないか。なんせ、お福はこの店一番の売れっ子だからな」

　杉浦晋吾が軽口を叩いた。大内は笑って聞き流した。

「で、寒九郎、ほんとのところ、誰が目当てで参ったのだ？」

「それがし、ちと店に野暮用がござって参ったところです」

「野暮用だあ？」

　上衛門が酒臭い息を吐いた。

　大内が上衛門を抑えて訊いた。

「野暮用とは何だ？」

「昔の知り合いが、こちらで働いていると聞いて、本当かどうか、確かめに参ったのでござる」

　何も本当のことをいわなくてもいい。いえば、ことは面倒になりそうだった。

「その知り合いというのは？」

大内はしつこく尋ねようとした。杉浦晋吾が大内を宥めた。

「まあまあ、大内さん、野暮用は野暮用でしょう。訊いても、詮《せん》ないこと」

「まあ、それもそうだな」

大内は矛《ほこ》を納めた。

大川次衛門が告げた。

「大内さん、お福がようやくこちらに来るようですよ」

「おう、そうかそうか」

大内は着物の襟を直し、居住まいを正した。ほかの男たちも慌てて居住まいを直した。

隣の桟敷を回り、艶《あで》やかな着物姿の茶汲み女が、女将に連れられて現われた。

「大内さま、みなさま、お待ちどうさまでした。お福ですよ」

女将がいい、お福を大内の席に導いた。

「それがしがどきます」

寒九郎は咄嗟に腰を上げ、お福に席を譲った。

「あら、こちらのお客さま、いいのですか」

「おう、いい。こやつは、用事があって、こちらに参った男だ。お福、おぬし目当てに参ったわけではないそうだ」

「あら、ご挨拶ですねえ。でも、こちらの方は初見《しょけん》ですよねえ」

お福は顔立ちが美しい女だった。

「私はお福と申します。あなた様は？」

「それがしは、寒九郎、北風寒九郎と申す」

「あら、変わったお名前だこと。この中で一番お若いようですね」

宮原上衛門が、にやにやしながらいった。

「さよう。この春、元服したばかりのおとなになりたてほやほやの童貞男だ。お福、なんなら、奥座敷で男にしてやってくれぬか」

「いいのですか？　私で？」

お福は寒九郎に目で笑いかけた。大内が不機嫌そうな声を上げた。

「上衛門、悪酔いしておるな。俺の前で、言葉が過ぎるぞ」

「おう、済まぬ。大内どのがいたのを忘れておった。済まぬ。許せ」

宮原上衛門は頭を何度も振って詫びた。

「さあ、お福、大内様のご機嫌を取ってちょうだいな」

女将はにこやかに笑い、席を離れた。

「それがしも、失礼いたす」

寒九郎は、この機を逃さず、席を立ち女将のあとを追った。大内たちの誰も寒九郎を引き留めようとしなかった。

台所に戻ろうとする女将に声をかけた。

「女将さん、ちょっとお尋ねしたいことが」

「あら、北風様、いかがなさいましたの？」

「こちらの店に美保という娘さんがお手伝いで働いていると聞いたが、お会いできるのでござろうか？」

「美保？　ああ、おりますよ。この店では、お福という芸名です。いまお会いになったでしょう？」

寒九郎は思わず、振り向いた。お福は大内たちを相手に話を盛りたて、盛んに媚《こび》を売っていた。

「美保どのは、お手伝いではないのか」

「以前は、お茶汲み見習いのお手伝いでしたよ。でも、いまはこの店一番の看板娘。大内さまをはじめ、大勢がお福目当てに押し寄せる売れっ子。お福のおかげで、お店が大繁盛しています」

「さようでござったか」

寒九郎は腕組みをした。

大吾郎は、この事実を知っているのだろうか？　大吾郎は水茶屋手伝いの美保とはいっていたが、茶汲み女になったお福の名はいわなかった。

丸顔のお手伝いの娘が女将の傍に走り寄った。

「女将さん、奥の桟敷のお客さんが、お福さんを呼べといっています。どうしましょうか？」

「まあ、来たばかりの平治さんたちね。いまは、大内様たちの接待についたばかりだものねえ。しばらく待ってもらいましょう。とりあえず、お良さんかお竜さんについてもらいましょう。二人にそう伝えて」

「はい、分かりました」

お手伝いの娘はいそいそと店の中に急いだ。

女将は寒九郎に向き直った。

「北風様、それで、お福に、どのような御用なのですか？」

「お福になる前の、美保どのに惚れた男がおりましてね」

「へい。それで？」

「そいつは、美保どのが町奴どもに絡まれていたのを黙って見ていることができず、町奴たちと喧嘩をして美保どのを助けた。それが縁で、美保どのといい仲になったというのです」

「ああ、その方は存じています。お福から聞きました。でも、いい仲になったということではありません。それは、そのお侍さんの思い違いです」

「思い違い？」

「町奴は、奥の桟敷にいる平治さんたちだったんですが、平治さんと美保は幼なじみ。その気安さもあって、平治さんたちが美保をからかっていたのを、お侍さんは勘違いなさり、平治さんに喧嘩を売ったのです。それで、平治さんたちは、仕方なく喧嘩を買った」

「なるほど」

「そのうち、そのお侍さんは、美保を付け回すようになり、意を決した美保は、節分会の日に境内でお侍さんに会って、別れようとしたんです。そうしたら、そこに平治さんたちが通り掛かり、また喧嘩になった。そのお侍さんは豆撒きの櫓によじ登って逃げようとしたが、落ちて怪我をなさった。その時、そのお侍さんを助けたのは火消しの人たちで、平治さんの仲間だった。でも、事情を知らないお侍さんは、まだ諦めもせず、今度はしつこく付け文を寄越したのです」

「ふうむ。そうでござったか」

「美保は、付け文には目も通さず、囲炉裏《いろり》の火にかけて燃やしてしまいました。ですから、もし、そのお侍さんが北風様のお知り合いでしたら、いまの事情をお話しになり、美保を諦めてくださるようお伝えくださいませ」

「なるほど。そういう事情だったのか」

寒九郎は頭を振った。

「ご覧になられたように、お福はうちの看板娘になっています。付け文もたくさん来ます。いちいち読んではおりません。お福には、いろいろなお金持ちから、うちの嫁にと引く手あまたになっています。正直いって、私も呆れるほど、いまお福は有頂天になり、舞い上がっています。普通の男には目もくれないことでしょう。よほどのお金持ちでないと、お福はなびかないと思います。女将の私が、こんなことをいってはいけませんが、お福は見かけによらず計算高い女です。お侍さんも早々に諦めた方がいい、と申し上げてくださいませ」

「分かった。女将、いろいろ忠告してくれて、ありがとう。いまの話、そいつに伝えたいと思う」

「申し訳ありませんが、どうぞ、よろしくお伝えくださいませ」

女将は寒九郎に深々と頭を下げた。

寒九郎は大内の席のお福に目をやった。お福は男たちを相手に楽しそうに話していた。時折、口に袖を持っていって、笑い転げている。

奥の桟敷では、平治たちが早くお福が来ないか、と首を長くして待っている。

可哀相な大吾郎。

寒九郎はため息をついた。

踵《きびす》を返し、店の外に出た。表の露店の陰から、吉衛門が現われた。

「どうだった？　美保どのに会えたか？」

「いや会えなかった。もう、美保どのはいない。田舎に帰ったそうだ」

「美保どのが田舎に帰った、と？」

「うむ」

寒九郎は、大吾郎には、そうとでもいって諦めさせるしかない、と思うのだった。

八

明徳道場の壁に、奉納仕合いの出場者の名前一覧が貼り出された。

壁の前に集まった門弟たちが、どよめいた。出場者一覧の、起倒流大門道場代表として、寒九郎の名前があったからだった。

寒九郎は、みんなの視線が一斉に自分に注がれるのを感じた。いずれも、好奇や羨望の眼差しだった。

明徳道場の代表は、江上剛介と武田由比進の二名。

当然、代表になると思われた近藤康吉は、数日前に馬場で落馬し、腰を打った。しばらくは動けないということだった。そのため、荻生田一臣と武田由比進のどちらかが代表になることとなったが、稽古仕合い五番勝負を行なったところ、武田由比進が三勝二敗で荻生田一臣に勝利した。

こうして武田由比進が、もう一人の代表に選出されたのだった。

門弟たちは意外な面持ちで、一覧表の前でこそこそと話していた。

寒九郎や武田由比進の対戦相手については、まだ決まっていない。公正公平を要するため、奉納仕合い直前に発表されるとあった。

「寒九郎、おぬしが、起倒流大門道場の代表とはな。驚いたぜ」

江上剛介がにやにやと笑いながら、寒九郎に話しかけた
「大吾郎だと聞いていたのに、急遽変更になるとはな。これで奉納仕合いはますます
おもしろくなった」

「そうでござるな」

「寒九郎、最後まで勝ち残れよ。おぬしと、最後に対戦するのを、何よりも楽しみに
しているのでな」

「江上剛介さんも、ぜひとも勝ち残ってください。それがしも、待っています」

寒九郎も切り返した。

江上剛介は何もいわず、にやっと笑い、仲間たちと一緒に廊下を引き揚げて行った。

東健次朗と矢野的之介が、寒九郎の傍にやって来た。

「何か嫌味をいわれたか？」

「いや。逆に励まされた。最後まで勝ち残れ、と」

「へえ。意外だな。励ますとはな」

「それだけ、余裕があるということだろう。ところで、妙な噂が流れているぞ」

矢野的之介が寒九郎にささやいた。

「どんな噂だ？」

「今度の奉納仕合いは、将軍様が内密に会場にお越しになられ、直々《じきじき》に仕合いをご覧あそばされるらしい、というのは聞いておるな」

「うむ」

「仕合いに出た者で、これはと思われた剣の遣い手は、将軍様に特別に召し上げられ、近侍《きんじ》とされるらしい」

「近侍だと？　小姓組とか、馬廻り組とか、近侍はいくらでもいるだろうが。それとは別に近侍が必要なのか？」

「まだ続きがある。その近侍には密命が出され、どこかに派遣されるというのだ。それも二度と生きて帰れないような危険な使命らしい、というのだ」

「妙な話だな」

寒九郎は訝った。

東健次朗が小声でいった。

「それも、以前にも似たようなことがあったそうだ。明徳道場出身の三人の剣の遣い手が、御上に呼ばれ、ある者を暗殺するようにいわれたというのだ」

「その話は、俺も知っている」

寒九郎は思わず口走った。東健次朗と矢野的之介が顔を見合わせた。

「寒九郎、おぬし、知っているのか」

「三人の名前は聞いたか？」

「うむ。その三人というのは、橘左近先生、大門甚兵衛先生、それから、それがしの祖父谺仙之助《こだませんのすけ》だ」

健次朗は呻《うめ》いた。

「やはり、噂は本当のことだったんだ」

的之介が真剣な面持ちでいった。

「寒九郎、どうやら、また同じことが行なわれるらしいぞ」

「選抜した剣の遣い手に、誰かを暗殺させようというのか？」

「うむ。そう聞いた」

寒九郎は声を殺して訊いた。

「いったい、誰を殺《や》るというのだ？」

「それは分からない。ともあれ、幕府や将軍様に都合の悪い人物なのだろう。それとて、本当かどうか、まだ分からない。いまのところ、すべては闇の中だ」

矢野的之介がしたり顔でいった。

大内真兵衛が宮原上衛門たち仲間数人を従えて、廊下をやって来た。出場者一覧の前の人だかりに寒九郎がいるのに気付くと、大内はどかどかと足音を立てて、寒九郎に歩み寄った。健次朗と的之介は、素知らぬ顔で寒九郎から離れて行った。

「寒九郎、おぬしが大門道場の代表になったのだな。もし、大吾郎が出るというのだったら、袋叩きにしてでも引きずり下ろそうと思っていた。あんな武家奉公人の分際で、直参旗本の我らと争うなどと図々し過ぎる。神聖な奉納仕合いを汚されなくないからな」

「…………」

寒九郎は黙って大内を睨み付けた。

大内はみんなに聞こえるようにいった。

「まあ、寒九郎、おぬしが大門道場を代表するのなら許そう。おぬしは津軽藩の田舎侍だが、仮にも上士の身分だということだからな。しかし、おぬしが、いくら強いといえども、うちの江上剛介にはかなわない。せいぜい気張るんだな」

大内は、そこまでいうと急に声をひそめた。

「寒九郎、話がある。そこまで顔を貸せ」

大内はついて来いといい、大股で歩き出した。

寒九郎は一瞬迷ったが、大内のあとに付いて歩いた。大内の仲間たちが、寒九郎の後ろからぞろぞろとついて来る。

大内は道場の玄関に来ると振り向いた。

「おまえたちは、そこで待て。二人だけで話がしたい」

大内は寒九郎に顎をしゃくり、雪駄《せった》に足を突っ掛けると玄関から外に出た。寒九郎もあとに続いて出た。外には、ちらちらと雪が降りはじめていた。

大内は白くなりはじめた庭の前に立ち、寒九郎に背を向けながらいった。

「これは、内緒の話だ。俺は気に食わないが、お福の願いなので仕方ない。おまえに伝えることにした」

「お福どの？」

大内は振り向いた。渋い顔をしていた。

「水茶屋『高松や』の看板娘だ。覚えておろう」

「うむ。覚えている」

「お福が、おぬしに会いたいというのだ」

「それがしに？」

「お福は、おぬしとはちょっとしか会っていないのに、ひどくおぬしが気に入ったらしい。お福に会いに行ってくれ。けしからんことに、そうしないと、それがしとはもう会わないといっておる」

「なぜに、それがしと？」

「分からぬ。おぬしに会って話したいことがあるというのだ」

「何を？」

「知らぬ。お福はいわぬのだ」

「いまは行けない。仕合いの前だ」

「承知。だが、お福の伝言、しかと伝えたぞ。いいな」

「たしかに、伝言を聞いた」

「だが、これだけはいっておく。寒九郎、お福に手を出すな。出したら、俺が許さぬ」

「心配無用。手は出さぬ。それがしには、好きな女子がいる」

「笑わせるな。男は好き嫌いとは関係なく、女を抱ける」

「そんな馬鹿な。ありえぬ」

「寒九郎、もっと大人になれ。いまに女子の味が分かる時が来る。いい女とはどんな女か分かる時がな」

大内はにんまりと笑った。

いやらしいやつめ、と寒九郎は内心で大内を侮蔑《ぶべつ》した。

「それだけだ」

大内は、それだけいうと、薄ら笑いを浮かべながら、玄関に戻った。

寒九郎は空を見上げた。曇り空を背景に、無数の雪片が黒い影となって降って来る。

ふるさとの津軽に降る雪と同じだ。

山頂に雪を被った津軽富士を思い出した。いまごろ、ふるさとには雪混じりの風が吹き荒れているだろう。そう思うと、寒九郎は無性《むしょう》に北へ帰りたくなるのだった。

第三章　奉納仕合い

一

一月十六日、奉納仕合いの日だ。

その日は、寒さこそ厳しいが、朝から空はからりと晴れ渡り、雲一つない絶好の日《ひ》和《より》となった。

寒九郎は、早朝に起き出すとともに、井戸端で褌《ふんどし》一丁になって頭から水を被《かぶ》り、垢《こ》離《り》を掻《か》いた。

水は凍えるように冷たく、肌に突き刺さるように痛い。だが、すぐに、かっと軀が燃えるように熱くなる。烈気が全身に満ちる。気合いをかけながら、何度も水垢離を取った。

寒九郎は、朝日に柏手《かしわで》を打ち、神仏に必勝を祈った。

軀が火照《ほて》った。全身から白い湯気が立ち上っている。

寒九郎は手拭いで全身の水滴を拭い取り、部屋に戻った。

真新しい白い褌をきりりと締める。帷子《かたびら》の襯衣《したぎ》を着、洗い立ての稽古着を着込む。

いつか幸が夜業《よなべ》して縫ってくれた刺子《さしこ》の稽古着だ。裁着袴《たつつけばかま》を穿き、しっかりと帯を締める。

寒九郎は一瞬迷ったが、赤い玉の簪を懐深くに仕舞い込んだ。

奉納仕合いは、各道場から選抜された代表選手十六人で戦われる。いずれも十五歳から二十五歳までの若手の剣士である。

昨日発表された対戦相手は、北辰一刀流お玉《たま》が池《いけ》道場門弟筆頭の鳥越信之介《とりごえしんのすけ》。鳥越信之介の強さは道場外にも鳴り響いていた。

鳥越信之介の強さがいかほどのものかは知らないが、北辰一刀流の凄さは知っている。北辰一刀流の遣い手の熊谷主水介が刺客と立ち合った真剣勝負を目《ま》のあたりにしている。あの時の熊谷主水介の凄まじい太刀が、しっかりと寒九郎の目に焼き付いている。

あの北辰一刀流にどう対するか？

果たして、己れの剣法が北辰一刀流の相手に通じるのか？

寒九郎はやや不安に襲われた。

だが、大門老師は、北辰一刀流の鳥越信之介と聞くと、微笑《ほほえ》み、

「どんなに強い相手であれ、気にするな。無心で臨《のぞ》め」

とだけいった。

菊地師範代も何もいわず、寒九郎の両肩に手をかけ、ぽんと叩いた。

無心で臨め。

大門老師の言葉は腹の底にすとんと納まった。

何も考えず、自然体でいく。そう覚悟は決まった。

寒九郎は、おくにが心を込めて作った朝餉の力餅の雑煮を食べ終え、吉住敬之助とおくにに礼をいった。

大吾郎も箱膳に箸を置いた。

「寒九郎、済まぬ。俺の分もしっかり頼む」

「うむ」

寒九郎はうなずいた。

おくにが炬燵《こたつ》で温めた白足袋《しろたび》を寒九郎に渡した。

「寒九郎様、これを履いて」

「ありがとうございます」

寒九郎は早速《さっそく》に足袋を履いた。ほんのりとした温かみが凍えた足を包んだ。

「きっと、お幸も寒九郎様のことを神様にお祈りしていますよ」

「はい」

寒九郎は稽古着の懐をそっと押さえ、簪の感触を確かめた。

戸口の油障子戸ががらりと開いた。叔母の早苗が顔を出した。

「寒九郎」

一瞬、寒九郎は母上が現われたように思った。朝日を浴びた早苗は母の菊恵そっくりの面立《おもだ》ちをしている。寒九郎は目を伏せ、挨拶した。

「叔母上、お早ようございます」

「寒九郎、さあ、お立ちなさい。私に立ち姿を見せて」

「はい」

寒九郎はすっくと立ち上がった。早苗は部屋に上がり、寒九郎の立ち姿を惚れぼれと見回した。しっかりした刺子の稽古着に手を触れた。

「大丈夫」

早苗は安堵したようにうなずいた。

「おくにさん、ありがとう。寒九郎を、ここまでよく面倒見ていただきました。心から御礼をいいます」

「とんでもない。奥様、私なんぞ、何もしておりません」

おくには頭を振った。早苗は寒九郎に顔を向けた。

「寒九郎も、ほんとに立派なおとなの剣士におなりになりました。どこに出ても、誰にも引けを取ることはありません。姉上が生きておられたら、さぞ、お喜びになったことでしょうに」

早苗は寒九郎に微笑んだ。母上そっくりな笑窪《えくぼ》が頰にあった。

「ところで、寒九郎、今日十六日は何の日かご存じですか？」

「いえ、知りません」

寒九郎は咄嗟《とっさ》に嘘をついた。

早苗はおくにと顔を見合わせ、微笑んだ。

「今日は、閻魔《えんま》様の斎日《さいじつ》、藪入りです。奥に奉公しているお幸も里帰りを許され、きっと帰って来ることでしょう」

「そうでしたか」

寒九郎はそうとは知っていたが、無関心を装った。

「うれしくないのですか？」

「いまは……」

久しぶりに幸に会える。嬉しいと思うのだが、寒九郎は、その思いを無理に頭から追い出した。いま、幸のことを思えば、闘争心が萎《な》える。仕合いを前に、幸のことは忘れる。そう決意するのだった。

「ごめんなさい。いまは、仕合いのことで頭がいっぱいでしたね」

「はい」

「では、お幸のためにも、勝ちなさい。きっとお幸もそう願っていますよ」

「はい」

寒九郎は黙ってうなずいた。

吉住敬之助が頃合いを計るようにいった。

「そろそろ出掛けるがいい。わしらは、あとから参るとしよう」

「はい」

寒九郎は吉住敬之助に顔を向けた。

「わしからは何もいうことはない。悔いの残らぬよう、しっかりやれ」

「はい。しっかりやります」

寒九郎は吉住敬之助の万感《ばんかん》の思いを受け取り、大きくうなずいた。吉住敬之助は寒九郎を、我が子のように思っている。寒九郎は、そのことを十分に知っていた。

「叔母上、由比進は？」

「すでに支度を終え、あなたを待っています。旦那様も、あなたを見送りたいとおっしゃっています」

「では、参ります」

寒九郎は上がり框《かまち》に座り、武者草鞋《むしゃわらじ》を履き、しっかりと紐《ひも》を結んだ。

玄関先には、武田作之介をはじめ、一族郎党が打ち揃い、由比進と寒九郎の門出を祝っていた。

当主の武田作之介は、稽古着姿の息子由比進と甥《おい》寒九郎を見、満足気にうなずいた。

「武田家から、二人も奉納仕合いに出場するのは、武家として、この上もない誉れなことだ。二人とも、思う存分闘って来い」

姑の将子が由比進の袖を摑んでいった。

「いいかい。あなたは誰よりも強いのだから、ぜひとも勝って帰るのよ」

「はい。祖母上《おばあさま》」由比進は苦笑いした。

「寒九郎などに負けてはだめですからね」

将子は侮蔑するように寒九郎を見、顔を背《そむ》けた。元次郎も口を尖らせた。

「兄上、そうだよ。寒九郎なんかに負けちゃだめだからね」

「元次郎、なんです。そのものいい。寒九郎様に失礼でしょう」

早苗が元次郎をたしなめた。

「だって、お婆様が、そういうんだもの」

元次郎は将子の背に隠れた。将子は、ふんと鼻を鳴らしていった。

「早苗、いいじゃありませんか。寒九郎はうちの子じゃない。よそ様の子なんだからね。うちの由比進と同じ扱いするなんて、とんでもない」

「でも、それでは寒九郎が……」

早苗が悲しそうに顔を曇らせた。作之介が取り成すようにいった。

「祖母上、それがしは、由比進も寒九郎も、我が家の大事な息子たちだと思っています。その二人のせっかくの門出です。何もいわずに祝って送り出しましょう」

将子はぷいっと顔を背けた。

由比進は寒九郎に目をやった。寒九郎はうなずいた。

二人は揃って見送りの武田作之介、早苗に頭を下げた。

「行って参ります」「行って参ります」

「うむ。二人とも存分に闘って来い」

作之介は腕組みをして、うなずいた。

早苗は何もいわず、由比進と寒九郎の二人に頭を下げた。

寒九郎は端《はし》に立っている吉住敬之助とおくににも頭を下げた。吉住敬之助もおくにも会釈を返した。

二人は、みんなに見送られ、堂々と門から外に出て歩きはじめた。

鮮烈な朝の陽光が、行く手の日枝神社の森を照らしていた。

寒九郎は、全身からふつふつと闘志が湧いてくるのを覚えた。

二

寒九郎は紅白の幕で仕切った控えの間《ま》で、地べたに座り、座禅を組んだ。静かに瞑想に耽《ふけ》った。

東西の控えの間には、八人ずつ選手が入る。西の陣の寒九郎は第八組の対戦。東の陣の由比進は第二組の対戦、同じく東の陣の江上剛介は第四組の対戦だった。

仕合い会場から激しい打ち合う音が響き、ついでどっと歓声が上がる。

寒九郎は座禅を組んだまま、目を瞑って無心の境地を彷徨《さまよ》っていた。

介添えの栗沢師範代は、何もいわず、寒九郎に付き添っていた。

控えの間にいる選手たちは、それぞれ、自分の番が来るまで、落ち着かぬ様子で、歩き回ったり、木刀を素振りしたりしている。

呼び出し係が来る度《たび》に一人ずつ選手は出て行く。そして、勝者は戻って来るが、敗者は二度と控えの間には戻らない。

第二組の由比進の西の対戦相手は、柳生新陰流《やぎゅうしんかげりゅう》の道場の代表選手だったが、控えの間に戻らなかった。それで由比進が勝利し、二回戦に上がったことが分かった。

第四組の江上剛介の対戦相手は神道無念流の剣士だったが、やはり戻らなかった。

西の控えに八人いた選手は、寒九郎を含めて、半分の四人に減っていた。

三人の選手たちは、第一回戦を勝利して束の間《つかのま》、安堵したものの、次の対戦を控えて緊張した面持ちで床几に座っている。

「西の陣八組、北風寒九郎。出番でござる」

呼び出し係が控えの間に顔を出し、じろりと寒九郎の顔を見た。

「はい。ただいま参上いたします」

寒九郎は座禅を解いた。白鉢巻きを額にあて、きりりと締める。白襷をしっかりと掛けた。木刀を手に取って立ち上がった。控えの間にいた選手たちは、一斉に寒九郎に目をやった。

栗沢師範代が寒九郎の背をぽんと叩いた。

「無心で行け」

「はいッ」

寒九郎は木刀を携え、案内人に導かれて、仕合い会場へゆっくりした足取りで歩んだ。

仕合い会場は本殿前の白洲《しらす》である。白い玉砂利が一面に敷き詰められている。高床式になった本殿の廊下には、幕府の老中や若年寄、目付らが座っていた。彼らの背後の本殿には御簾《みす》が垂れ下っていて見えないようになっている。その御簾の後ろにお忍びでお越しの将軍様や正室様が座っているらしい。

仕合い場の白洲の左右両側には、幕府の要路や明徳道場の先生方、出場選手の属する道場の主人、指南役、師範などが居並んでいた。

本殿正面と向かい合って一般席があり、出場選手の家族や親族、その一族郎党《ろうとう》、同僚友人、弟子などが大勢詰め掛けている。

白洲の四方に、それぞれ一人ずつ、合計四人の審判役が床几に座っている。

立合いの判じ役は明徳道場指南役の橘《たちばなさ》左近《こん》だった。

寒九郎は腰を折り、静々と通路を進んだ。

橘左近の前で止まる。対戦相手の鳥越信之介も同様に進んできて、橘左近の前で足を止めた。

鳥越信之介は中肉中背、鍛えた体付きをしている。細面の端整な顔立ちをしているが、眉が左右に鋭く吊り上がり、激しい気性の持ち主であることを窺わせる。背丈は寒九郎よりもやや高いと見た。

橘左近は厳《おごそ》かにいった。

「二人とも本殿に向かって、礼!」

寒九郎は鳥越信之介と並び、正面の本殿に向かって一礼した。

二人は向かい合って互いに一礼する。

「二人に再度申し渡す。これは果たし合いにあらず。神への奉納仕合いであることを思え。勝負は一本。打突《だとつ》は寸止め。反則すれば、即負けとする。仕合い後は一切の遺《い》恨《こん》なきよう心得よ。双方ともよいな」

「はいッ」「はいッ」

寒九郎と鳥越信之介は、同時に返事をした。

橘左近は、じろりと寒九郎と鳥越信之介を見た。

「では、双方構え！」

寒九郎と鳥越信之介は木刀を構え、互いに蹲踞《そんきょ》の姿勢を取った。

「始め！」

鳥越信之介は一瞬早く寒九郎の木刀の先に木刀をあて、素早く後方に飛び退《の》いた。

間合い二間。

寒九郎は木刀の先を鳥越信之介の顔面に合わせる。

鳥越信之介の目は、らんらんと輝き、狼《おおかみ》の目になっている。寒九郎は気合いを入れて、負けじと睨み返した。

木刀の仕合いは真剣勝負とほぼ同じだ。竹刀での仕合いなら、互いに防具を身に付けているので安心して激しく打突することが出来る。だが、木刀となると、竹刀のようには打ち込めない。

しかも、打突寸止めは、かなりの熟練者でなければ出来ない。熟練者でも、勢いがついた木刀の動きを止めることはかなり難しい。はじめから寸止めを考えて打突すれば、力が入らず、正確な打突にならない。審判も中途半端で不正確な打突では、一本と認定しないだろう。

寸止めせずに打突すれば、確実に相手に相当の打撃を与えてしまう。酷《ひど》ければ相手を死なせてしまうし、軽くても相手を身体不自由者にしかねない。勝負も負けになる。

足元の玉砂利は、道場の床板と違い、足場が悪い。移動するにも、すぐに石の音が立つ。動きを相手に悟られる。

じりっと石が擦れる音がした。

鳥越信之介が気合いをかけた。いくぞの合図だ。目の光が一層強くなった。

「きええい」

「きえーい」

寒九郎も来いと応じた。

目を半眼にし、相手をぼんやりと視界に捉えた。相手を全体で捉える。

鳥越信之介はじりじりと間合いを詰めた。

来る。

寒九郎は鳥越信之介の軀が宙を飛ぶのを目で捉えた。熊谷主水介が刺客に対した動きと同じだ。

寒九郎は鳥越信之介の木刀が襲ってくるのを撥ね除け、一気に相手の懐に飛び込んだ。

瞬間、木刀と木刀が互いに弾き合う音が響いた。

鳥越信之介は寒九郎の木刀を弾き、飛び退いて、体《たい》が入れ替わるのを阻止した。しかも、鳥越信之介は退きながら、木刀で寒九郎の稽古着の胸元を擦った。寒九郎が身を仰《の》け反《ぞ》らせて躱したからいいものの、竹刀ならおそらく鋭く抜き胴を取られていた。

寒九郎は背筋がひやりとした。

おそるべし、北辰一刀流。

寒九郎は呼吸を整えた。

再び、寒九郎と鳥越信之介は木刀を相青眼《あいせいがん》に構えて向き合った。

無心になれ。無我無心だ。

寒九郎は自身に言い聞かせた。目を半眼にし、無我無心の境地に入る。じりじりと木刀を引き揚げ、右八相の構えになった。

鳥越信之介も相八相に構えはじめた。

寒九郎は右八相から次第に木刀を右下段に下げて行った。

鳥越信之介も寒九郎につられて、右八相から右下段に変わろうとした。動きの中で、一瞬隙が見えた。

「きええええい」

寒九郎は迷わず一足跳んで、横殴りに木刀を相手の隙に打ち込んだ。鳥越信之介は木刀で、寒九郎の打突を打ちおろした。

寒九郎は木刀を打ちおろされても、怯《ひる》まず、そのままの勢いで踏み込み、相手に体当たりをかけた。

鳥越信之介は木刀の柄《つか》で押し返し、鍔競《つばぜ》り合《あ》いに持ち込もうとした。

寒九郎の軀は流れるように自然に動き、鳥越信之介の軀にくっついた。寒九郎の手が鳥越信之介の木刀を持つ手に絡《から》まり、動きを止めた。

寒九郎は鳥越信之介の右足に左足を絡め、体《たい》を預けて、どうっと押し倒した。寒九郎と鳥越信之介は縺《もつ》れ合うようにして玉砂利の上に重なって倒れた。

寒九郎は倒れながら、相手の木刀を持つ手を膝で押さえた。ついで右手に持った木刀を相手の首元にあてて止めた。

「ま、参った」

鳥越信之介は観念し、呻くようにいった。

「それまで！　錣《しころ》返し一本！　西の勝ち」

橘左近が寒九郎にさっと手を上げた。

寒九郎は鳥越信之介の軀から飛び退き、木刀を斜めに構えて、残心《ざんしん》した。

四隅の審判たちも、西の青旗を一斉に上げていた。

鳥越信之介は首を擦りながら、起き上がり、寒九郎に一礼した。

しーんと静まり返っていた観客がどっと沸いて歓声を上げた。

寒九郎と鳥越信之介は互いに向き合い、礼をし合った。ついで、二人は木刀を携え、本殿正面に向かって一礼した。

三

寒九郎は、控えの間に戻り、襷を外し、鉢巻きを解いた。床几に座って深呼吸をした。

ようやく緊張が取れて、軀が解《ほぐ》れて来る。

世話係の門弟の少年が杓《ひしやく》を差し出した。

「力水《ちからみず》にござる」

喉《のど》がからからに乾いていた。

「ありがとう」

寒九郎は杓を受け取り、喉を鳴らして水を飲んだ。冷えた水だった。飲みながら、いまの仕合いの様子が脳裏を過《よぎ》った。

辛勝《しんしょう》だった。

胸を擦った鳥越信之介の木刀の感触を思い出す。あの時、もし、体《たい》を崩して、相手の打突を躱すことが出来なかったら、と思うと背筋に冷汗が流れる。

助かったのは、鳥越信之介の体が崩れ、一瞬の隙が生まれたからだ。鳥越の足が踏んだ玉砂利が崩れたせいだ。足元が玉砂利だったから、勝てた仕合いだった。

控えの間には、寒九郎を含めて四人の選手しか勝ち残っていなかった。ほかの三人の選手には、介添え役の侍がそれぞれ付き添い、小声でぼそぼそ話している。

「御免。入るぞ」

垂れ幕を撥ね上げ、審判係の侍が顔を覗かせた。

「北風寒九郎、次戦の相手は灘仁衛門《なだじんえもん》。流派は鹿島夢想《かしまむそう》流棒術《りゅう》だ。いいな」

「はい」

寒九郎はうなずいた。

いいも悪いもない。黙って次の相手と対戦するしかない。灘仁衛門について、何の予備知識もなかった。鹿島夢想流棒術とは対戦したことはない。

審判係の侍は、ほかの選手たちにも次の対戦相手を告げて出て行った。

入れ替わるように、師範代の栗沢利輔が控えの間に入って来た。栗沢師範代は寒九郎の傍《そば》に座り、小さな声でいった。

「寒九郎、あの調子だ。いいぞ。何も考えずに、自然体でいけ。相手の動きに対して、無意識のうちに軀が動くはずだ。それでいい」

「はい」

寒九郎は師範代に、そういわれると、あらためて自信が湧いて来た。

「今度は鹿島夢想流棒術の灘仁衛門とのことですが」

「うむ。鹿島夢想流棒術は、陸奥蝦夷《むつえみし》由来の古式棒術だ。大門先生は、何度も対戦なさっておられる。鹿島夢想流棒術は舞踏《ぶとう》のように静かに舞い、不意をついて打ち込んで来る。先生によれば、見とれぬな、との助言だ」

「舞踏のように舞う、ですか?」

寒九郎は想像した。どのように舞うというのか?

「相手は、こちらの棒術の手の内をよく知っているはずだ。だが、気にするな。勝とうとするな。おまえは、相手の棒術の見事な棒捌《さば》きを楽しむつもりでやれ」

「はいッ。楽しみます」

寒九郎は息を大きく吸った。

楽しむつもりでやれ、といわれ、寒九郎はほっとした。

肝《きも》が据《す》わった。鹿島夢想流棒術とは、いかほどのものか。蝦夷伝来の古式棒術を見《けん》分《ぶん》してやろうじゃないか。

寒九郎は再び座禅を組み、気持ちを鎮《しず》め、無想の境地に入った。

時間は流れ、やがて、呼び出しの声がかかった。目を開けると、栗沢師範代がいた。

「今度の得物《えもの》は、棒に替えるか？」

「いえ。替えません。木刀のままで行きます」

「うむ」

栗沢師範代はうなずいた。

寒九郎は再び白鉢巻きを締め、白襷姿になった。両手で顔をぱんぱんと張った。

「よしッ」気合いが入った。

寒九郎は木刀を携え、胸を張って、案内係の誘導で、白洲の仕合い会場へと歩んだ。

灘仁衛門は頬から顎にかけて、びっしりと黒い髯《ひげ》を生《は》やした、いかつい顔の大男だった。

頭髪を後ろにひっつめにして束ね、小さな髷《まげ》を結っている。黒染めの着物を着込み、黒染めの裁着袴を穿《は》いている。着物の袖からあらわれた腕には、びっしりと熊のような黒い剛毛が生えていた。

灘仁衛門は、一礼した後、三間の間合いを取り、ゆっくりと長い棒を回転させた。回転は徐々に早く、勢いを増して、風切り音が大きくなっていく。

寒九郎は木刀を青眼に構え、半眼で大男の動きを見た。

熊のような大男が機敏に、かつ流れるように棒を振り回す。まるで熊が棒を手に踊っているかのようだ。

その動きは、蝶が舞うように、ひらひらと頼りなく覚束《おぼつか》ない。上下左右、自由自在に動き回り、幻惑される。殺気もなく、ひらひらひらと、木の葉の舞うように。

寒九郎は苦笑した。

手元の棒とは不釣り合いに大きな男が、子どものようにくるくると棒を振り回しながら、踊っている。

華麗な棒の動きを見ていると、次第に幻惑され、棒を扱う熊の姿が朧《おぼ》ろになっていく。

いかん。見とれている。

寒九郎は、咄嗟《とっさ》に右に飛び退いた。風切り音が唸りを上げた。はっと気を取り直す。

棒の先が寒九郎の顔をかすめて空を切った。

いかん、いつの間にか、相手の棒の斬り間に入っていた。

棒は六尺（約一八〇センチメートル）。

寒九郎の木刀は、三尺三寸（約一〇〇センチメートル）。

棒の受けは、そのまま突きとなり、突きになるかと思えば、瞬時に回転して打ち込みになる。棒は変幻自在、攻めと守りがめまぐるしく変わる。それを防ぐ手は一つだけ。相手の間合いに入らぬこと。棒の届かぬところに逃れるしかない。

寒九郎は、さらに左に飛び退き、棒の間合いの外に逃れた。一瞬遅れて、棒の先がさっきまで寒九郎が立っていたあたりを突いて退いた。ついで、棒は回転して寒九郎を横殴りに襲う。

寒九郎はすかさず木刀で棒を打ち払って、飛び退いた。十分に間合いを取る。

寒九郎はひやりとした。もし、飛び退いていなかったら、棒の突き、ついで回し打ちを避けられなかった。

大男は、逃したか、と髯面を歪めた。

棒を両手でしごき、寒九郎の動きに合わせて正対した。ゆっくりと棒を上段に構えて振り上げる。大男は寒九郎をぴたりと見据えた。

棒は、そのすべてが柄になり、刃になる。棒を両手で幅を空けて持てば、突き、打ちによし。短く持てば、素早く棒を回転させて、相手に打ち込み、打ち払うことが出来る。

小僧、遊びの時間は終わった。

大男の笑みがふっと止んだ。

熊の眼光が寒九郎を射竦《いすく》める。目がらんらんと輝き、猛烈な殺気を放ちはじめた。

寒九郎は軀が硬直した。熊の気迫に圧されている。

寒九郎は青眼に構え、次に来るだろう熊の打ち込みに、どう対するかを考えた。

棒を寒九郎の正面に振り下ろして来るか？

構えたまま、棒だけを手の内で滑らせ、突いて来るか？

それとも、右に回転させて打って来るか？　あるいは、左に回転させて打ち込んで来るか？

いかん。考えるな。無心になれ。無我無心だ。

寒九郎は自身に言い聞かせた。目を瞑った。

心眼で熊を見る。気配を感じる。熊の気の動きを感じ取る。

気持ちをまっさらにする。耳を澄ます。

白神山地《しらかみ》の森の中にいる。相手は、大きな月の輪熊だ。そう思うと、不思議に心が落ち着いて来る。

熊が立ち上がり、牙《きば》を剝いた。唸りを上げた。動いた。来る。

寒九郎は無心のまま、木刀で空を切る棒を打ち払った。同時に熊に向かって跳びかかった。木刀を盾にして体当たりをかける。

棒が横殴りに飛んで来た。寒九郎は木刀で棒を受けながら、熊にぶつかった。木刀を投げ捨て、熊が持つ棒を両手で摑んだ。

熊は慌てて寒九郎の手を振り払おうとした。寒九郎は熊の手の棒を握りながら、背後に倒れるように転がった。熊は体《たい》を崩し、寒九郎に引っ張られて前に倒れた。

寒九郎は倒れながら片足を熊の腹にあて、熊の体重を足に乗せた。一気に熊の両手を引いて、熊を背後に投げ飛ばした。

熊の軀が宙を飛んだ。

巴《ともえ》投げ。

熊の大男は背中から転がり、玉砂利を弾き飛ばした。大男は背をしたたかに打ち、起き上がれない。

寒九郎は素早く立ち上がり、木刀を拾って大男に走り寄った。起きようとする大男の胸を膝で押さえ付けた。

木刀を大男の喉元に突き付けた。

「参った」

大男は髯面を歪めた。

「一本、西の勝ち」

橘左近が大声を上げ、寒九郎に手を上げた。

寒九郎は飛び退き、木刀を下段に構えて残心した。

観衆が割れるばかりの拍手をし、歓声を上げた。

四

寒九郎は、歓声を背に控えの間に戻った。

入れ替わって、次の出番の選手が仕合い会場に歩んでいく。選手の顔は緊張で強張っていた。

選手の介添え人は仕合いを観戦するため、足早に控えの間から出て行った。

寒九郎は床几に座り、一息ついた。世話係の少年から、力水を受け取り、喉を鳴らして飲み干した。

介添え人の栗沢師範代は、まだ観客席から戻って来ない。

「寒九郎様」

紅白の幕越しに、男の声が囁いた。

幕の背後に人が蹲《うずくま》っていた。寒九郎は緊張した。刀掛けの脇差しに手を伸ばした。

「誰だ？」

殺気はない。だが、寒九郎は警戒した。

「草間大介にございます」

「草間大介殿か、よく来てくれました。仕合いを見てもらえましたか」

草間大介は、寒九郎が津軽にいたころの傅役《もりやく》だった。

寒九郎は床几から立ち、幕の裏に回ろうとした。

「いえ。そのままで。お知らせしたいことが」

「顔が見たいな。控えの間には介添え人一人しか入れぬことになっている。だから、それがしが外に出よう」

「いえ。外に出てはいけません。それがしが寒九郎様と立ち話をしているのを、敵に見られます」

「敵？」

「はい。そのまま、それがしに、背を向けて話してください。幕越しにお話ししましょう」

「うむ。分かった」

寒九郎は草間に背を向け、床几に座り直した。

「寒九郎様、順当に勝ち上がっておられますが、次の対戦相手、柳生新陰流の笠間次郎衛門《かさまじろうえもん》には、お気を付けください」

「なに？」

「笠間は、津軽藩の要路と通じ合っています。ご用心を」

「たしかか？」

「はい。昨日、笠間は某所で、津軽藩江戸家老河井天元《かわいてんげん》と密会していました。本日の仕合いのことで、何か陰謀をめぐらしているかも知れません」

「どうして密会をしていると分かった？」

「津軽藩江戸屋敷には、それがしの協力者がいます。そいつの話では江戸家老の河井天元が密かに誰かに会って寒九郎様を抹殺するよう依頼しているようだ、とのこと。それで、それがし、江戸家老の動きを探っていたら、昨日、笠間と密会しているのを知ったのです」

「ううむ。さようか」

控えの間の出入口の垂れ幕が上がり、栗沢師範代が戻って来た。

「どんな陰謀をめぐらしているというのだ」

寒九郎は訊いた。だが、返事はなかった。

幕の背後の気配が消えていた。

「寒九郎、いかがいたした?」

栗沢師範代が怪訝な顔をした。

「いえ、何でもありませぬ」

「誰かがおったのか?」

栗沢師範代は紅白の幕を持ち上げ、外を覗いた。すでに草間大介は姿を消していた。

出入口の垂れ幕が引き上げられ、審判係の侍が顔を覗かせた。

「北風寒九郎、次なる準決勝の相手は、笠間次郎衛門。柳生新陰流上野《うえの》道場代表だ」

「はい。承《うけたまわ》りました」

北風寒九郎は返事をした。審判係の侍は、それだけいうと幕間に消えた。

「柳生新陰流の笠間次郎衛門か。手強いな」

栗沢師範代は呻いた。

「笠間次郎衛門をご存じでしたか？」

「存じておる。一度、上野道場で、笠間が何番か師範代と竹刀で稽古仕合いをするのを見たことがある」

「いかが、見分なさいました？」

「三番中二番、笠間が師範代を打ち負かしていた」

「得意手は何でしたか？」

「突きだ。突いて鍔迫り合いになり、退《しりぞ》いて胴を打つ」

打ち手が踏み込み、胸元を突く。ついで体当たりして鍔迫り合いに持ち込み、相手を突き飛ばし、離れると胴を打って退く。

寒九郎は目の奥で笠間の剣の捌きを再現した。

「だが、あくまで竹刀での仕合いだ。木刀となるとだいぶ様相が違う。竹刀のようには、身軽には木刀を動かせないぞ」

飛び込んで突き、体当たりして鍔迫り合いをし、退いて胴を抜く。

寒九郎も竹刀の稽古仕合いで、よく遣う手だ。だが、竹刀だから出来ることだが、木刀の仕合いではなかなか難しい。

「ともあれ、体当たりと鍔迫り合いを警戒しろ。鍔迫り合いのあとに、何か仕掛けて来る」

「はい」

「笠間は左利きだ。だから、構えは左八相が得意、左下段からの打ち込みがうまい。左からの攻めを警戒しろ」

「承知しました」

寒九郎は相手の左からの打ち込みを頭に描き、何度もくりかえした。

会場の方から、わっと歓声が上がった。前の仕合いの勝負がついたらしい。

寒九郎は静かに呼吸を整え、目を閉じた。

あらゆる雑念を排除し、無我無心の境地に入る。

沈黙し、時の過ぎるままに自らを置いた。

出て行った選手は、控えの間に戻らなかった。相手が勝ったようだった。

やがて、垂れ幕が上げられ、呼び出し係の侍の声が響いた。

「西方、北風寒九郎。出ませい」

「はい」

寒九郎は白鉢巻きを締め、白襷の緩《ゆる》みを直した。両手でぱんぱんと己れの顔を張った。

稽古着の懐の簪を手で押さえ、床几から立ち上がった。

「気張れ」

栗沢師範代は一言いい、両手で寒九郎の背をぱんと叩いた。

「うぉー」

寒九郎は叫び、自身に気合いを入れた。

よし。

寒九郎は大股で仕合い会場に足を踏み出した。

判じ役が橘左近から見知らぬ顔に入れ替わっていた。

寒九郎は「始め」の声とともに、一気に前に跳んで打ち間を消し、笠間に打ち込んだ。先制攻撃で仕合いの主導権を握る作戦だ。

笠間もすぐに応じ、接近戦となった。両者は激しく木刀で打ち合った。

打ち合いは、ほぼ互角。寒九郎も笠間も、互いに一歩も退かない。

寒九郎は、七、八本攻めまくり、飛び退いた。十分な間合いを取った。

間合い一間。

まず気力で相手を圧倒する。そのつもりだったが、笠間は平然とし、少しの息切れもしていない。笠間には通じないようだった。

寒九郎は、笠間次郎衛門を睨んだ。

笠間次郎衛門は痘痕《あばた》顔の陰鬱《いんうつ》な表情をしていた。痩せぎすの軀だが、稽古着の下には、鍛錬した筋肉が隠れていた。

目は糸のように細く、目の動きはすぐには分からない。だが、細い目から射るような、鋭い視線が襲ってくる。

痘痕の頬を歪め、薄ら笑いを浮かべている。

その程度か、北風寒九郎。

そういっている。

笠間はじりじりと木刀を左に立て、左八相に構えた。得意の構えか。

寒九郎は青眼で応じる。攻めにも守りにもなる、いかようにでも動ける構えだ。

笠間の全身から、凄まじい殺気が放たれている。

本気だ、と寒九郎は感じた。

尋常な気迫ではない。笠間は、奉納仕合いという儀式的な立合いではなく、本気の果たし合いを挑んでいる。

細い目がさらに細くなり、獲物を猟《か》る残忍な目になっている。

草間大介がいっていたのは、このことか。仕合いの中で、公然と闇討ちする？　打突をしても寸止めはしない。笠間の殺気は、本気で寒九郎を討とうとしているために放たれた邪気だ。

寒九郎の背にひんやりとした戦慄《せんりつ》が走った。

先程の激しい打ち合いは、笠間にとっては、ほんの挨拶代わりなのだろう。

寒九郎は打ち合いを思い出した。

左からの鋭い打突を木刀で受け流したものの、打たれた衝撃で一瞬手が痺れた。師範代がいっていたように、左からの打突は半端なものではない。

笠間は左八相のまま、じりっじりっと左に回りはじめている。

寒九郎はつられて徐々に左に動く。

笠間は、少しずつ間合いを詰めはじめている。

一足一刀の間合いになった。

笠間は木刀を左中段、後ろに引いた。と思った瞬間、笠間の軀が寒九郎に跳んだ。

木刀の切っ先が真直ぐに、寒九郎の胸元を狙って来る。

「キエーッ」

裂帛《れっぱく》の気合い。

猛然と突きが来る。

寒九郎は咄嗟に突いて来る笠間の木刀を叩き落とさんとした。だが、笠間の木刀は、寒九郎の打ちを撥ね除け、なおも真っ直ぐ寒九郎の胸元に突こうとした。

寸止めなどまったくしない本気の突きだ。

なぜ、判じ役は、笠間の危険な突きを見て止めないのだ？

目の端に見える判じ役は平然としている。判じ役は、笠間とぐるなのか？

寒九郎はたまらず木刀の柄《つか》で笠間の突きを避け、笠間に体当たりした。

笠間は寒九郎の体当たりに、待っていたかのように、にやりと笑い、鍔迫り合いに持ち込んだ。

笠間は鍔と鍔を絡めて、ぐいぐいと寒九郎を押してくる。目の前に笠間の痘痕顔があった。目が憎々しげに寒九郎を睨んでいる。

笠間の目は蛇の目のような冷酷な光を放っている。

寒九郎ははっとした。

蝮《まむし》の目だ。

子どものころ、森の中で出合った蝮が同じ目をしていた。蝮に睨まれた時、一瞬軀が硬直し、動けなかった。蝮は寒九郎の前を悠々と横切り、道の草叢《くさむら》に滑り込んで消えた。

鍔迫り合いで押しまくったあと、互いに押して退く時に、きっと笠間は何かしかけて来る。

寒九郎は本能的にそう思った。

退《の》き面か、それとも退き胴か？　退き小手か？

寒九郎は直感した。

引き面だ。俺が相手を殺すつもりなら、面を打って、頭を叩き割る。

寒九郎は思い切り、笠間の鍔を突き飛ばした。押されて退きながら、笠間の木刀が上段に振り上げられた。笠間の目が笑った。

してやったり。

寒九郎は押したあと退かず、逆に笠間の懐に飛び込んだ。笠間は驚いた。木刀を挙げる両腕の中に寒九郎の軀があり、打ち下ろすことが出来ない。

寒九郎は笠間の懐の中で軀をくるりと回転させ、笠間に背に向けた。

笠間は諸手で寒九郎の背を突き飛ばし、腕を自由にしようとした。寒九郎は突き飛ばされた瞬間、軀を立て軸にして回転しながら、木刀を笠間の胴に叩き込んだ。

笠間はうっと呻き、木刀を落とした。胸を押さえながら、その場に膝から崩れ落ちた。

寒九郎は、飛び退き、残心した。

観客席からわっと歓声が上がった。

だが、判定がない。判じ役は動かない。

判じ役を見た。

「おのれ、寒九郎」

笠間が胸を押さえながら、苦しそうに荒い呼吸をしていた。それでも、立ち上がり、転がっている木刀を拾い上げた。

「まだまだ」

「待て、笠間」

判じ役が声を出して笠間を制した。

「それまでだ」

判じ役は寒九郎に向いた。

「いまの仕合い、審議になる」

審議だと？

「おぬしは、あえて寸止めをしなかった。これは反則になる。審議の対象になる」

寒九郎は、しかし、と反論しかけたが止《や》めた。

笠間が寒九郎の命を狙って、仕合いに臨んだということを証拠立てるものはない。

笠間は木刀を地面に突き立て、杖にして軀を支えていた。

寒九郎は、残心を止めた。

判じ役は四隅の審判を呼び寄せ、協議を始めた。

貴賓席の要路たちも、互いに顔を寄せ合い、何事かを話し合っている。

寒九郎は憮然として審判たちを見つめた。

笠間は苦しそうに喘ぎながらも、口惜しそうに寒九郎を睨んでいた。

やがて、審判たちの協議が終わった。

四隅の審判たちは、一斉に赤の旗を上げた。東方の旗だった。

判じ役が戻って来た。あらためて、笠間に手を上げた。

「西方の反則負け。東方の勝ちとする」

観客席から審判たちを非難する声が起こった。要路たちも、貴賓席で何事かを囁き合っている。

しかし、審判の判定は絶対だ。寒九郎は木刀を携え、後ろに下がった。

「互いに礼」

判じ役が寒九郎と次郎衛門に促した。

笠間に一礼した。笠間も不承不承、寒九郎に一礼した。

寒九郎は本殿正面の御簾に向かって、一礼した。笠間向かってお辞儀をした。

寒九郎は木刀を携え、西の控えの間に戻りはじめた。

観客席から大きな拍手が起こった。

寒九郎は観客席から刺すような鋭い視線が浴びせられるのを感じ、振り向いた。大勢の侍や町人に混じり、一人の浪人者がこちらを睨んでいるのが見えた。

浪人者は、寒九郎と視線が合うと、ついっと顔を背《そむ》け、人混みの中に姿を消した。

「寒九郎、よくしのいだ」

栗沢師範代がにこやかな顔で寒九郎を抱くように迎えた。

「やつは仕合いにかこつけ、おまえを討ち果たすつもりだったと見た。それを、おまえは、よくしのいで、打ち返した」

「笠間は大丈夫でしょうか？」

「ははは。あばら骨の二、三本は折れただろうが、命に別状はあるまい。おまえに邪《よこしま》な考えを持ったのがいかん。自業自得《じごうじとく》だ」

「それがしが、反則負けしたとなると、決勝戦はいかがなことになるのですか？」

「あの様子では、笠間は闘えまい。闘っても、躯が動かず、負けるに決まっておる。だから、これから始まる武田由比進と江上剛介の対戦が事実上の決勝戦になろう」

寒九郎は控えの間の床几に座った。

いまごろになって、笠間との鍔迫り合いを思い出し、背筋が寒くなった。鍔迫り合いのあと、退き面だと直感して対したものの、もし、退き小手や退き胴だったら、読み違いで対応が遅れ、小手か胴を打たれ、最後に止《とど》めを刺されていたかも知れない。

仕合い会場から、拍手と歓声が湧いた。武田由比進と江上剛介の名が呼ばれている。

「それがし、二人の仕合いを見ます」

「うむ。行け」

栗沢師範代はうなずいた。

寒九郎は急いで控えの間から出て、観客席の端の席に着いた。

五

判じ役は、また橘左近に戻っていた。

江上剛介と由比進は、互いに手の内は知り尽くしていた。

江上剛介が上段に構え、由比進が青眼の構えで応じている。

由比進には、いつもの軀の切れがない。

由比進の右腕の動きが悪い。二回戦で、対戦相手に勝ったものの、腕を打たれて負傷していると分かった。

寒九郎は心の中で、由比進の勝ちを祈った。

しかし、仕合いは、一瞬で決まった。

二人は互いに飛び込んで打ち合い、離れる瞬間、江上剛介の木刀が由比進の胴に入って、寸止めされた。由比進の木刀も、江上剛介の逆胴を入れたものの、やや遅れていた。

橘左近の手が、さっと江上剛介に上がった。

寸止めといっても、木刀の動きは止まらず、由比進の胴を軽くだが打っている。それでも、打突は鋭いので、衝撃はある。由比進は胸を押さえて、その場に蹲った。

江上剛介は会心の笑みを浮かべて残心した。

観客席から拍手と歓声が上がった。


江上剛介の控えの間には、大内真兵衛たちが祝いに駆け付け、大騒ぎになっていた。

寒九郎も江上剛介に挨拶し、優勝の祝いをいった。

江上剛介は仲間の門弟たちに囲まれ、憮然とした顔をしていたが、それでも大内たちから讃《たた》えられ、満更《まんざら》でもない顔をしていた。

寒九郎が顔を出すと、取り囲んでいた仲間たちが道を空け、寒九郎を通した。

寒九郎は江上剛介に祝いの言葉をいった。

「優勝、おめでとうございます」

江上剛介は顔をしかめて、寒九郎を見た。

「寒九郎、俺は、最後の最後、おぬしと立ち合うことになると思っていた。それがまさかの不戦勝とはな」

「それがしも、不本意でした」

「道場では、いつでも、おぬしと立ち合える。だが、こうした公《おおやけ》の仕合いで、みんなの前で立ち合い、勝利するのとは別の話だ。上様の前で、見事に勝利して、勝ち名乗りを上げることほど名誉なことはない」

「それがしなんぞ、対戦相手として、いかほどのものでもありますまい」

「ははは。謙遜するな。おぬしを打ち負かしてこそ、本当の優勝というものだ。おぬしと勝負出来なかったことが心残りだ」

「また、きっと立ち合う機会がありましょう。それを、楽しみに励むことにします」

「そうだな。次は夏の御前仕合いまで、おぬしとの立合いはお預けにしよう。俺は、いまより、もっと強くなる。おぬしも強くなれよ。おれの相手が出来るようにな」

江上剛介は笑った。

「せいぜい、励むんだな」

「どうせ、江上剛介さんにはかなわないだろうが」

囲んでいる仲間の大川次衛門や杉浦晋吾たちが追従《ついしょう》笑いをした。

「おい、江上剛介、何をぐずぐずいっておるのだ」

人の輪を分けて、大内真兵衛が入って来た。、宮原上衛門や近藤康吉を従えていた。

「おい、今夜は優勝祝いだ。江上剛介、岡場所にくりだすぞ」

大内は江上剛介の背をどんと叩いた。

「いいですなあ」

江上剛介は破顔して笑った。

「おい、寒九郎、おまえもわしらと一緒に来ぬか」

「いえ。それがしは、遠慮いたします」

「なに、江上剛介の優勝を祝えないと申すのか」

「そういうことではありません」

寒九郎は顔を左右に振った。

控えの間の垂れ幕が上がり、橘左近や師範の郷田宗之介たちが入って来た。一緒に由比進たちの姿もあった。

大内たちは慌てて静かになった。

橘左近は、入って来るなり、じろりと大内や取り巻きたちを見回した。大内は首をすくめて、大人しくなった。

「江上剛介、よくやった。誉めてつかわす。これで明徳道場の名誉も守られた」

橘左近は江上剛介の優勝を称えた。江上剛介は嬉しそうに礼をいった。

「御上から、お褒めの言葉があった。なお励め、とのお言葉だ」

「ありがたき幸せ」

江上剛介は顔を紅潮させた。

「おう、寒九郎、おぬしも、ここに居《お》ったか」

橘左近は目敏く寒九郎を見付け、話しかけた。

「おぬしは、残念だったな。反則負けとはな」

「はい。申し訳ありません」

「なに、謝ることはない。わしが判じ役だったら、ああなる前に、相手の笠間次郎衛門を退場させておったろう」

やはり、橘左近先生だったら、そうするだろうなと寒九郎は思った。

「あの判じ役、丸田謙悟《まるたけんご》は柳生新陰流道場の指南役だ。笠間次郎衛門の師匠でもある」

「では、笠間贔屓《びいき》ではないですか。公平ではないですな」

大内がいった。江上剛介が顔をしかめた。

「けしからんな。笠間が反則打ちをするから、寒九郎も反撃したのでござろう？　それを反則負けとするとは、どういうことですか」

「ま、何か、御上のお考えがあってのことだろう」

「御上が丸田謙悟殿を判じ役に任命なさったのでござるか？」

「うむ。そうなのだが……」

　橘左近は考え込みながら、うなずいた。

　何か裏があるのか、と寒九郎は思った。

「ともかく、もう終わったことだ。忘れろ。いいな、寒九郎」

「はい」

　寒九郎はうなずいた。橘左近は、何かいいたげだったが、目で寒九郎にここでは何も訊くなといっていた。

「寒九郎、残念だったな」

　由比進が近寄った。由比進は右腕を三角巾で吊っていた。

「そちらこそ。腕の怪我は大丈夫か」

「折れてはいないが、打撲傷だ。腕が腫《は》れて、動かすと痛い」

　由比進はいい、顔をしかめた。

　師範の郷田宗之介が大声を上げた。

「みんな、道場にいったん戻れ。御上からわが道場と優勝者に特別の報奨金を賜《たまわ》っておる。その贈呈式と祝いの小宴を執り行なう。いいな」

　門弟たちは、歓声を上げた。

大内真兵衛や江上剛介は渋い顔をした。せっかくの祝いを、深川《ふかがわ》かどこかの岡場所でやろう、という目論見《もくろみ》が消えてしまったからに違いない。

寒九郎は、由比進たちに一緒に行こうと目配せした。

六

道場での小宴が終わり、寒九郎が由比進と連れ立って、武田家の屋敷に戻ったのは、夕暮近くだった。

二人が門を潜《くぐ》ると玄関先には、祖母の将子をはじめ、早苗や元次郎、吉住敬之助、相馬泰助ら一族郎党が出迎えた。

由比進は奉納仕合いで、江上剛介に負けたものの、笠間次郎衛門と一緒に、準優勝となっていた。一方、反則負けとなった寒九郎は、失格退場となっていた。

祖母の将子は、由比進の腕の怪我を見ると、大げさに騒ぎ、すぐに早苗に医者を呼ぶようにいった。早苗も心配し、下男の作次を蘭医の幸庵に走らせた。

寒九郎は、武田家の騒ぎをよそに、自分の長屋に戻った。

油障子戸を開けると、いつになく部屋がきれいに掃除され、上がり框や畳も雑巾《ぞうきん》で拭かれて清々《すがすが》しくなっていた。

「ただいま帰りました」

寒九郎は隣の吉住家に声をかけた。

「お帰りなさい」

おくにの返事が聞こえた。部屋におくにと、御女中姿の娘が現われて正座し、恭《うやうや》しく寒九郎を迎えた。

寒九郎ははっとして、御女中を見つめた。

おくにと並んで、三指《みつゆび》をついてお辞儀をしていたのは、お幸だった。

「寒九郎様、お帰りなさいませ」

お幸ははにかんだ顔で笑った。

「お幸、戻ったのか」

藪入りで、奉公人が一時里帰りするという話は知っていた。奥に奉公しているお幸も、きっと戻るだろう、と思っていた。

「はい。お久しぶりにございます」

寒九郎は幸に見惚れ、上がり框の前に呆然と立ち尽くした。

幸は見違えるように美しかった。

島田髷を綺麗に結い、着ている着物も晴れやかで、以前の地味な絣《かすり》の着物ではない。立ち居振る舞いも、優雅で武家娘らしく気品もある。

「さあ、寒九郎様、そんなにお幸に見とれていないで、上がってください。ご自分のお家ですよ」

おくにが可笑《おか》しそうに笑いながら寒九郎を促した。

寒九郎は我に返り、上がり框に座って草鞋と足袋を脱いだ。足袋は縫い目が綻《ほころ》び、足が露出し汚れていた。

あたりを見回し、雑巾《ぞうきん》を探した。お幸が素早く土間に降り、濡れ雑巾で寒九郎の足を拭った。

「かたじけない」

寒九郎は恐縮した。

お幸はよく気が付く娘だと思った。

「お幸、奥の仕事はきつくないか？」

「はい。厳しいですけど、楽しんでいます」

「そうか。それは、よかった」

「お幸は、まだ御末《おすえ》ですが、気が利《き》くので、上の御女中《おじょちゅう》たちから目をかけられ、可愛がられているそうです」

おくにが傍《かたわ》らからいった。

大奥の女中は御末から始める。御末は女中の最下層にあたる身分で、掃除や洗濯などを行なう下働きだ。そこから上の奥女中たちに目を掛けられれば、だんだんと上の階位に引き上げられていく。

「おう、寒九郎、戻ったか」

階段から大吾郎が顔を出した。

「なんです、大吾郎。寒九郎様に、その口の利き方は。失礼でしょう」

おくにが叱った。大吾郎は手で頭を掻いた。

「おくに殿、いいんです。大吾郎とそれがしは、兄弟のような間柄です。なんでも言い合えるのがいい」

「そうはいっても」

「母さん、いいって、いいって。寒九郎がそういうんだから」

おくにがお幸に声をかけた。

「お幸、寒九郎様にお茶をご用意して。わたしは、洗濯物を取り込んでくるから」

「はい」

お幸はそそくさと立ち、台所へと急いだ。

おくにも、玄関から外に出て行った。

大吾郎が部屋に入り、寒九郎の前にどっかりと座った。その弾みで痛みが出たらしく、大吾郎は三角巾で吊った腕を押さえ、顔をしかめた。

「どうだった？　仕合いは？」

「悪い。負けた」

「なに、おまえが負けたというのか？」

「うむ。反則負けで、退場処分になった」

「なに反則負けだと？」

「相手は、反則勝ちだが、肋骨を痛め、次の仕合いには出られなくなり、不戦敗になった」

「相手というのは？」

「笠間次郎衛門。柳生新陰流上野道場の代表だ」

「で、優勝したのは？」

「江上剛介。彼が優勝した」

「由比進は？」

寒九郎は事情を掻《か》い摘《つま》んで話した。

大吾郎は苦笑いした。

「なんだ。じゃあ、由比進と俺が、ともに右腕を負傷して吊っているってわけか」

「そうだ」

「情けない。しかし、江上剛介に優勝を攫《さら》われるなんてな」

大吾郎は、ふと真顔になった。小声で囁いた。

「ところで、寒九郎、頼んだこと、どうだった？」

美保のことだな、と寒九郎は思った。

「会ってくれたんだろう？」

「うむ」寒九郎は答えに窮した。

「やっぱり、会えたか。吉衛門の話では、美保は田舎に帰ったと聞いたが」

寒九郎は嘆息を漏らした。一度は、田舎に帰ったということにしようと思ったが、それでは大吾郎は美保を諦め切れないだろう。やはり、正直にぜんぶぶちまける方がいい。

「大吾郎、美保のことは諦めろ。美保は、性根の悪い女子だ。大勢の男と付き合っている」

「な、なんだと、寒九郎。うそをつけ。美保を侮辱すると、たとえ、寒九郎でも許さぬぞ」

大吾郎は憤怒《ふんぬ》で真っ赤な顔になった。いまにも寒九郎に摑みかかりそうな剣幕だった。

「大吾郎、落ち着け。うそはいわん。美保は、いまはお福と名乗り、高松やの看板娘になっているんだ」

「高松やのお福？」

「そうだ。大勢の男がお福に会おうと押しかけているんだ」

「まさか……」

大吾郎は呆然とした。

「おまえが美保殿を助けようと、町奴と喧嘩をしたな」

「あの町奴は平治といって、美保、つまり、いまのお福の幼なじみだそうだ。美保は、平治たちにからかわれてはいたが、それは幼なじみとして気安かったからだ。それをおまえは、美保がちょっかいを出されていると勘違いして助けた」

「誰がそんなことをいっている？」

「お福本人が女将にそう話したらしい。それだけではない。俺たちが書いた付け文は、美保が読まずに囲炉裏の火に焼《く》べたそうだ」

「なんてことだ」

「それだけではない」

寒九郎は大吾郎にきっぱりと思い切らせるために、最後の切札を切った。

「いいたくはないが、お福に熱を上げている一人に、大内真兵衛がいる」

「なんだと？　大内真兵衛がお福に手を出したのか？」

「手を出したか否かは、俺も何とも分からない。だが、ちょうど高松やを訪ねた時、
大内真兵衛たちが店に屯《たむろ》していた。お福を待っていたんだ」

「畜生」

大吾郎は呻いた。寒九郎は追い打ちをかけるようにいった。

「大内真兵衛は、お福の結構な贔屓客らしい。平治と大内真兵衛は恋敵《こいがたき》だ」

お幸が盆を抱え、静々《しずしず》と部屋に現われた。

大吾郎は黙った。膝に乗せた片手がぶるぶると震えている。

「お待ち遠様。粗茶ですが、どうぞ」

お幸は寒九郎と大吾郎の前に静かに茶碗を置いた。

「かたじけない」

寒九郎は礼をいった。

「大吾郎兄さん、どうしたというの？」

「お幸、大吾郎を、そっとしておいてあげてくれぬか？」

「は、はい」

お幸は戸惑った顔で大吾郎と寒九郎を交互に見た。

おくにが洗濯物の山を抱えて戻ってきた。

「お幸、手伝って」

「はい。お母様」

お幸はおくにから洗濯物の山を受け取り、吉住家の二階の部屋に運んでいった。

「ほんとに、お幸がいると助かるわ」

おくには嬉しそうにいい、幸のあとを追って、二階への階段を登って行った。

寒九郎は、お福が大内真兵衛に、自分に会いたいと伝言をして来たことについては黙っていた。変に誤解をされたくなかった。それに、お福に直接会い、大吾郎のことをどう思っているのか、確かめたいとも思った。

「畜生、美保のことを信じていたのに、人を虚仮《こけ》にしやがって、許せねえ」

「大吾郎、気持ちは分かる。だが、美保のことは諦めろ。所詮、おぬしとは合わぬ女子だったんだ」

「…………」

大吾郎は立ち上がった。それから戸口に降り、何もいわず、下駄を突っ掛けて外に出て行った。

寒九郎は放っておいた。誰しも、悲しい時、腹立たしい時に、一人っきりになりたいことがある。

おくにと幸が戻ってきた。

「あれ、大吾郎は？」

「用事があると、出て行きました」

「夕飯が近いというのにねえ。仕方ないわねえ。それはそうと、今日は斎日ですからね。寒九郎様の奉納仕合い出場をお祝いして、幸と一緒に腕によりをかけて、ご馳走を作りますからね、楽しみにしてらっしゃい」

「それがし、奉納仕合いで負けたのですけど」

「でも、一回戦、二回戦は勝ったのでしょう？　準決勝の三回戦目で、相手に勝ったのに、なぜか審判たちの裁定で負けた、と。早苗様からお聞きしましたよ」

「はい。まあそうですが」

寒九郎は苦笑した。

「ともあれ、強い相手二人を破ったのですから、お祝いです。ねえ、お幸」

「はい」

お幸は羞《はず》かしそうに寒九郎を見ると、そっと顔を伏せた。

寒九郎は、お幸が奥へ戻っても、いまのままのお幸でいてほしい、と思うのだった。

七

寒九郎はうなされていた。

目を覚ますと、枕元の暗がりに蓑笠《みのかさ》を着た大男が胡坐《あぐら》をかいていた。まだ障子戸の外は暗い。夜は明けていない。

「泣き虫小僧、恋煩《わずら》いは治ったか?」

「それがしは、恋煩いなんかもかかっていない」

「口だけは達者だな。お幸が長屋に帰って来たら、すっかり恋煩いも治ってしまったらしいな。だから、母親のおっぱいから離れられない赤ん坊なんだよ」

大男は大声で笑った。

「それがし、赤ん坊ではない。子どもでもない」

「では、何だというのだ？　小僧」

「れっきとしたおとなの男だ」

「笑わせるな、小僧。たとえ、元服を済ませたからといって、一人前のおとなではない。甘えん坊の小僧は、図体が大きくなっても、甘えん坊の小僧だ。おとなにはなれん」

「なんとでもいえ」

寒九郎は不貞腐《ふてくさ》れていった。

「では、腰抜け小僧、腑《ふ》抜け小僧の卑怯者と呼ぼうか？」

「なぜ、そんなに、それがしを痴《し》れ者扱いする？　痴れ者にして罵《ののし》るのがおもしろいからか？」

「ははは。不貞腐れるな。真実をいわれると、おまえはすぐに不貞腐れる。悪い癖だ」

「そういうおまえは、いったい誰なのだ？　いつも無断で、それがしの家に入って来るのは無礼だろう。名を名乗れ」

「わしか？　名無しの権兵衛《ごんべえ》とでもいっておこう」

「名無しの権兵衛？　おぬしは、いったい、何者なのだ？」

「知りたいか？」

「じゃあ、教えよう。わしは化身《けしん》だ」

「化身だと？」

「そうだ。おまえの良心の化身であり、悪の化身でもあるのだ」

「そんなもの、それがしはいらぬ」

「だから、わしが現われるのだ。おまえが、本当に一人前のおとなになったなら、わしは消える。二度と現われることはない」

「だったら、消えろ。それがしは十分におとなだ。それがしの前に二度と現われるな」

「ははは。そうしたいのは山々だが、それでは、おぬしの両親や祖父母に申し訳が立たぬ」

「両親、祖父母に頼まれたとでもいうのか？」

「しかり。おぬしの両親、それから祖父母から、おぬしのことを頼まれた。軟弱で甘えん坊の泣き虫小僧を、なんとかおとなにしてくれとな」

「うそをつけ。祖父母も父上母上も、おまえのことなんぞ、何もいわなかった」

「寒九郎、おぬしがまだおしめをつけた乳飲み子だったころの話だ。分かるわけがない」

寒九郎は母の菊恵が唄う子守歌が聞こえるような気がした。

母上。なぜ、亡くなられたのですか？　それがしを一人残して。

「ほうれ、泣き虫小僧、思い出したろう？　懐かしいか」

「うるさい。放っておいてくれ」

寒九郎は目尻の涙を指で拭った。

「名無しの権兵衛、今夜は、なぜに、ここに参った？」

「わしが今夜来たのは、おまえのお伽話《とぎばなし》を聞きたいからだ」

「前にもいった。おれのお伽話なんぞない」

「わしはこれまで四つも、教訓豊かなお伽話をしてやったのだぞ。今度はおまえが返してくれる番だ」

寒九郎は考え込んだ。まったくお伽話など浮かんで来ない。

「情けない小僧だな。お伽話一つ思いつかないとは情けない。おとなになる前、人は誰でもいくつものお伽話を持っているものだ。そのお伽話を年を取る度《たび》に、一つまた一つと失って、子どもは本当のおとなになれるんだ」

「…………」

寒九郎はお伽話が浮かばず、己れが情けなくなった。

「仕方がない小僧だな。では、もう一つ、わしがお伽話をしてやろう。昔むかし、ある小さな村に、一人の若侍がいた。若侍は天涯孤独だった。両親は早くに亡くなり、祖父母は行方知れずだった」

「まるで、それがしみたいだな」

寒九郎は枕に頭を載せ、目を瞑りながら聞いていた。

「若侍は剣の腕が立ち、その領内では、若くして一、二を争う剣客だった。ある日、突然、お城から呼び出しがあった。若侍が急いで城に上がると、お殿様から内密にある者を亡き者にしろと命じられた」

「ほう。相手は？」

「藩への反逆者だった。かつては、お殿様の側近をしておったが、故《ゆえ》あって脱藩し、山に籠《こ》もって隠遁生活をしていた」

「若侍はどうした？」

「若侍は密命を帯びて、その反逆者が籠もる山へ乗り込んだ。そして、反逆者と会い、討とうとした。だが、若侍は反逆者と話し合ううち、反逆者が反逆者に思えなくなった」

「なぜ？」

「反逆者のいう話は筋が通っており、真実に思えたからだ」

「どんな話だったのだ？」

「殿様が暴君で、領民たちに苛酷な重税を課し、自分たちは豊かな生活をしていた。反逆者は、かつて殿を諫《いさ》めたが、彼の諫言《かんげん》に耳を傾けず、逆に彼を反逆者扱いした。人々の暮らしを思う気持ちのどこが反逆なのだ、と若侍は考えた。どう考えても、反逆者が正しく、殿がまちがっている、と」

「それで？」

「若侍は、その反逆者を斬った」

「斬った？　なぜ？」

「そういう密命を受けていたからだ」

「馬鹿な。それから、若侍はどうした？」

「反逆者の首を持ち、城に戻った。そして、殿に首を差し出し、無事討ち果たしたことを報告した。めでたしめでたしだ」

「何がめでたしだ？　反逆者は、それでは浮かばれまい？」

「小僧、何が浮かばれまいだ？　これは、若侍の物語だ。反逆者の物語ではない」

「そうかも知れないが、どうも、すっきりしない。このお伽話は、何が教訓なのだ？」

「ははは、小僧、少しは考えるようになったな。御上の密命とは、常に理不尽なものだということだ。侍は、悪いとは知っていても、御上から命じられたことを実行する。正義も何もない。それが忠義というものだ。侍は哀しい人間だ、というのが教訓だ」

「それでも、どうも、話のオチとして、すっきり出来ないな」

「いいか、小僧。この話が、現実なのだ。現実は厳しい。個人の考えが入る余地などない。もし、この話に嫌気が差すようなら、自身が反逆者になるしかないということだ」

「その若侍は、山に籠もった反逆者の道を選ばなかったわけだな」

「実は、この話には続きがある。後日譚《ごじつたん》を聞きたいか」

「そう来るだろうと思った。若侍は、どうしたのだ？」

寒九郎は寝返りを打ち、大男の側に顔を向けた。

大男はにやりと笑った。

「若侍は、村に帰り、反逆者の話を村人たちにした。領主の横暴、苛酷な重税、役人の弾圧のあらいざらいを村人たちに語り、一揆《いっき》に立ち上がるよう扇動した。村人たちは怒り、手に手に鍬《くわ》や鎌《かま》を持ち、一揆に立ち上がった。金持ちの庄屋を焼き討ちし、金品を奪い、役人の家を襲った」

「それで領主は、どうなった？」

「若侍は、城に単身乗り込み、殿様に面談した」

「殿様に反省を求めたのだな？」

「ははは、だから、小僧は甘い。殿に、若侍は、それがしに手勢《てぜい》を与えろと要求した。それがしが、一挙に村人を主導する指導者たちを討ち果たし、一揆を鎮《しず》めてみせる、と」

「なんてことをいうのだ？　それで、どうした？」

「殿様は若侍に手勢の侍を与えた。若侍は侍たちを率いて、村を襲い、たちまち、一揆を鎮圧した。そして、若侍は侍たちとともに城に引き揚げ、殿様に意気揚揚と、その成果を報告した。殿様は、若侍の偉業に感激し、藩の要路に取り立てた。これでめでたしめでたしだ」

「ちっともめでたくないではないか」

「世の中、えてして、こんなものだ。それを知らずして、物事を見ていると、ひどいことになる、という話だ」

「下《くだ》らぬ。聞いて、損をした思いがする」

「小僧、そんな風に不満をいうなら、おまえのお伽話を聞かせろ」

「それがしのお伽話か……」

寒九郎は考え込んだ。ふと、自分にもお伽話が作れるような気がして来た。

「名無しの権兵衛、それがしの話は、こうだ」

寒九郎は闇の中の大男に話しかけた。

大男の姿は消えていた。その代わり、そこに細身の女子が立っていた。

薄明りの中、女子は枕元に座った。

「寒九郎様」

お幸の声が囁いた。声は震えていた。

「幸、どうした？」

「幸は寒九郎様のお側に居《い》とうございます」

「幸……」

お幸は寒九郎が被《かぶ》っている褞袍《どてら》の裾をめくり、隣に潜り込もうとした。

「待て、幸」

「寒九郎様」

お幸の温かい軀が褞袍の中に潜り込んで来た。芳《かぐわ》しいお幸の匂いが鼻孔をくすぐった。

「幸、おまえ」

寒九郎は思わず、お幸の軀を抱いた。お幸は寒九郎の胸に顔を押しつけた。

「嬉しうございます」

お幸の軀は燃えるように熱かった。

「幸、どこへも行くな」

寒九郎はお幸を抱き締めた。股間がみるみるうちに熱くなった。

雨戸が軋《きし》んだ。寒九郎ははっとして耳を澄ました。

「寒九郎様。起きておられますか」

男の囁き声が聞こえた。

「寒九郎様、草間大介にございます」

お幸はさっと身を翻《ひるがえ》し、褞袍の中から抜け出した。それとともに軀の温かみが去った。

妙な時に参りおって。寒九郎は腹が立った。

「起きてくだされませ」

「起きているぞ」

寒九郎は寝床から起き出した。すでに、お幸の姿は台所の暗闇に消えた。

褞袍には、かすかにお幸の匂いが残っていた。

雨戸が開き、黒い影が部屋に入って来た。

寒九郎は布団の上に座った。股間の熱は冷めてしまった。

暗がりに草間大介の髯面がかすかに見えた。

「大西一之介《おおにしいちのすけ》の所在が分かりました」

「なに、どこにいると分かった?」

「内藤新宿《ないとうしんじゆく》の宿場町におりました」

「そうか。会いたい、父上、母上の最期がどうだったのか、ぜひに聞きたい」

「大西一之介も、ぜひにお話ししたいことがあるとのことでした」

「よし、昼間になったら、訪ねたい。おぬし、案内してくれるか」

「もちろんです。昼四ツ(午前十時)にお迎えに上がります」

「うむ。頼む」

「それから、もう一つ、重要なお話が」

「なんだ？」

「御祖父の谺仙之助様のことです。どうやら、仙之助様は、一時、江戸に来ていたらしいのですが、去年の秋に郷里の白神山地《しらかみさんち》に戻られたとのこと」

「どこから聞き付けた？」

「江戸屋敷の仲間が、江戸家老たちが話しているのを聞き付けたそうです。それで、津軽藩も刺客《しかく》を出したと」

「やはり、祖父上は生きておられるのだな」

「さようで」

「白神山地か」

寒九郎は胸が躍《おど》った。

白神山地は広く、奥深いが、己れも子どものころ、彷徨い、遊んだことがある。

「よし、草間、俺は北へ帰るぞ」

「承知です。それがし、大西一之介のところにご案内したあとは、先に白神山地に立ちたいと思います。あちらで、谺仙之助様の居場所を探しておきましょう」

「うむ。頼む。津軽藩が、刺客を送り込んだとなると、それがしも急がねばなるまい」

「分かりました。では、これで」

草間はまた身を小さくし、雨戸を開けて、外に出て行った。冷たい風が雨戸の隙間から、部屋に入ってきた。

お幸は、どこに？

寒九郎は暗がりにお幸の影を捜した。

あれは夢だったのか？

それとも、現《うつつ》だったのか？

ふと枕の傍に、赤い簪が転がっているのに気付いた。鼻を押しつけると、かすかにお幸の匂いがした。

寒九郎は簪を胸に抱いた。

障子戸の外が少しずつ明るくなりはじめた。

第四章　魔界白神《しらかみ》山地

一

翌朝、寒九郎は井戸端で顔を洗い、朝餉の膳の前に着いた。

「おはようございます」

お幸はまるで何もなかったように、寒九郎に挨拶した。

「おはよう」

寒九郎はどぎまぎした。昨夜のことは夢だったのだろうか？　幻だったのだろうか？

「昨夜はよく眠れましたか？」

「はい。なんとか」

寒九郎はご飯を食べながら、お幸にうなずいた。おくにが笑いながらいった。

「こうして、お幸が家にいてくれると嬉しいのですけどねえ」

お幸は黙って微笑んでいる。寒九郎はお幸の顔をちらちらと盗み見しながら、ご飯を食べるのだった。

「寒九郎様、お魚では何がお好きなのですか？」

お幸が訊いた。寒九郎は箸《はし》を止めた。

「ハタハタかな」

郷里の海で獲《と》れる魚を思い出した。

「ハタハタ？　おかしな名の魚ですね」

「北の海で獲れる魚だ。塩焼きも旨《うま》いが、鍋にするとさらに旨い。食べると躯が温まる」

寒九郎は北の荒れる海を心に思った。

「食べてみたい」

俺と北へ帰らないか？　そうすれば、ハタハタを食わせてやる。言葉には発しなかったが、心の中で、そう思った。

「幸は？」

「鰯《いわし》が好きです」

「それがしもだ。焼けば丸ごと食べられる」

「煮魚にしても、おいしいですよ」

他愛ない会話だったが、寒九郎は幸せだった。お幸と二人、毎日こんな会話を交わせたら、どんなに楽しいことだろうか。

寒九郎は味噌汁をすすった。

「幸は、いつまで、いられるのだ？」

「…………」

幸は答えなかった。幸を見ると、哀しげな顔で、うな垂れていた。

「明日までですよ」

おくにが代わりに答えた。

「さようか」

寒九郎は大根の味噌漬けを口に入れ、ご飯を頬張った。だが、嚙んでも味がしなかった。

「帰りたくないんです」

幸はぽつりと呟くようにいった。

「…………？」

寒九郎は幸の顔を見た。いまにも幸は泣きそうだった。

奥に帰りたくなければ、帰らないでもいい。

幸はここにいてほしい。

寒九郎は、そういいたかったが、その思いをご飯の塊《かたまり》と一緒に飲み込んだ。

おくにが穏やかに諭《さと》した。

「お幸、我が儘をいってはいけません。辛抱なさい。上の方々に認められれば、どんどん上に上がり、立派な奥女中になれるのですよ。そうなれば……」

おくには寒九郎を見た。

俺に嫁《とつ》がせるというのか？

寒九郎は身を硬くして、黙ってご飯を食べるのだった。

大吾郎がばたばたと足音を立てて、階段を降りて来た。

「母さん、俺にもメシをつけてくれ」

「はいはい」

おくには立ち上がり、いそいそと台所に行った。

「いまごろ起きて来て、なんですか。お父さんは、お殿様に御供して出て行きましたよ」

「俺は腕が折れているんだから、仕方ないだろう。治るまで、ゆっくり休んでいろ、とお殿様もおっしゃっているんだ」

搔巻《かいまき》姿の大吾郎が隣の部屋の出入口から顔を覗かせた。

「寒九郎、おはよう。今朝は冷えるな」

「ああ。桶に氷が張っていた。寒い」

「大吾郎、搔巻を着替えて、井戸で顔を洗って来なさい」

おくには台所で朝餉の用意をしながらいった。

「分かったよ。おう、冷える」

大吾郎は搔巻を脱ぎ、小袖姿になると、外に飛び出して行った。

寒九郎は幸と顔を見合わせて笑った。

いつもの風景がくりかえされている。

幸が切羽詰《せっぱつ》まった顔でいった。

「私、ここに居たい」

「それがしも、幸にここに居てほしい」

寒九郎は掠《かす》れた声でいった。

幸の顔が明るく晴れた。

「うれしい。ほんとに？」

幸も掠れた声で囁き返した。寒九郎はうなずいた。

幸も笑いながらうなずいた。

「私、また奥に戻る決心がつきました。辛抱できます」

「幸……」

無理しないでいい。ここに居てもいいんだよ。

寒九郎は、そういいたかった。だが、幸がしっかりとうなずく姿を見て黙った。

幸は寒九郎をじっと見つめていた。

「御馳走様」

寒九郎は照れ隠しに、空《あ》いた椀に両手を合わせた。箱膳を運ぼうと立とうとした。

「私が」

幸が箱膳に手を伸ばした。幸の手が寒九郎の手に触れた。

「…………」

幸は顔を赤くし、慌てて手を引っ込めた。

寒九郎も顔を赤らめた。

「おー寒い、寒い」

大吾郎が急ぎ足で戻って来た。

「お幸、食事が終わったら、片付けて」

おくにの声が聞こえた。

「はーい。ただいま」

お幸は明るく返事し、食事が終わった寒九郎の箱膳を持って台所へ運んでいった。

お幸の移り香が寒九郎の鼻を過《よぎ》った。

昨夜の床で嗅いだ匂いだった。

二

空はからりと晴れ上がり、小春日和《こはるびより》になっていた。北風も今日ばかりは吹くのをやめていた。

昼四ツの鐘の音が聞こえた。

ほどなく渡世人《とせいにん》の旅姿をした草間大介が門の前に現われた。草間は三度笠を脱ぎ、寒九郎に頭を下げた。

「ご案内します」

草間は髯《ひげ》を剃り落とし、髷も渡世人の髷を結っていた。腰には脇差しを差し、肩に風よけの外套《がいとう》を掛けている。尻っぱしょりした着物の下から股引《ももひき》が見えた。

寒九郎が前を歩き、草間が従者のように後ろに付いて歩く。

内藤新宿まで一里《り》もない。二人は歩きながら、話をした。

「大西一之介殿は、どんな侍だ？」

「お父上の鹿取真之助《かとりしんのすけ》様を警固する供侍でした」

「警固役だとすれば、腕は立ったのであろうな」

「はい。神道無念流免許皆伝だったかと」

「そんな剣の達人でも、父上をお守りできなかったのか。無念だな」

「屋敷を襲ったのは、藩の者だけでなく、見慣れぬ余所者《よそもの》も大勢いたように思います」

「余所者？　どういうことか？」

寒九郎は振り向いた。草間を三度笠の縁《ふち》を手で上げて答えた。

「屋敷が襲われた時、それがしは寒九郎様に付いておりましたので、襲った者たちを直接は見ていないのですが、怒鳴り声や指示する声が津軽方言ではなかった」

「どこの言葉だというのだ？」

「江戸弁だったと思います」

「なに、江戸弁？　盛岡《もりおか》藩の者たちではないのか？」

「盛岡藩の連中の方言なら、それがしも、すぐに分かります。ですが、襲った連中は江戸弁でした」

「では、襲った者たちには、地元の津軽者だけでなく、江戸者が混じっていたというのか？」

「はい。それも大勢いたと思われます」

「大勢？」

「同じ津軽藩の者なら、たいてい付き合いがあるので分かります。付き合いがなくても、城内で見かけたり、町ですれ違ったりするので、見覚えがある。でも、余所者たちは、顔を見ても、見覚えがなかった。逃げ延びた仲間たちは、みな、そう話していました」

どういうことなのだ？

寒九郎は腕組みをした。

津軽藩の内紛は、公《おおやけ》にはなっていないが、古老の筆頭家老津軽親高《ちかたか》を頭《かしら》にして、守旧派の次席家老大道寺為秀《だいどうじためひで》と、藩政改革を掲げる若手家老杉山寅之助《すぎやまとらのすけ》が藩政の主導権をめぐって激しく対立しているのが原因だった。

藩主津軽親丞《ちかすけ》は、二十歳とまだ若く、父方の古老である筆頭家老津軽親高に頭が上がらない。

親丞は幕府の信頼が篤《あつ》い次席家老大道寺為秀を重用《ちょうよう》するとともに、藩政改革を掲げる若手家老の杉山寅之助を信頼して、藩政を任せていた。

若手家老杉山寅之助は、若手藩士たちに人望があり、藩政改革の急先鋒になっていた。

父鹿取真之助は、その杉山寅之助の下で、物頭《ものがしら》を務めていた。寒九郎の理解では、鹿取真之助は、杉山寅之助の懐刀《ふところがたな》として、若手藩士たちを集めて、指導していたのではないか、と思っている。

その鹿取真之助と、その輩下の若手藩士たちが、一斉に襲われたということは、襲ったのは、杉山寅之助一派の藩政改革に反対していた筆頭家老津軽親高や次席家老大道寺為秀たちの仕業《しわざ》ということが明白だった。

漏れ伝わって来る噂では、鹿取真之助一派が藩主津軽親丞暗殺を計画し、事前にそれを知った藩執政たちは、兵を動かし、鹿取真之助一派を成敗《せいばい》した、ということだった。

鹿取真之助一派に近いといわれていた若手家老杉山寅之助は、家老職を解かれ、しばらく謹慎の処分を受けた。藩主親丞が杉山寅之助を庇ったため、謹慎以上の処遇にはならなかったらしい。

しかし、杉山寅之助を支持していた若手藩士たちの運命は悲惨だった。その多くが捕まり、獄《ごく》に入れられた。拷問を受けて獄死したり、逃れても闇討ちにあった。藩外への逃亡者は、いまも追われて命を狙われている。自分も執拗に刺客に襲われた。

なぜ、しつこく、命を取ろうとするのだろうか？　鹿取真之助の子というだけで、憎まれるのか？　なぜ、憎み、抹殺しようとしているのか、その理由を知りたい。

寒九郎はため息をついた。

結局、杉山寅之助たちが進めていた藩政改革は、この襲撃によって頓挫《とんざ》してしまった。

だが、家老の杉山寅之助や鹿取真之助たちがやろうとしていた藩政改革の何が悪かったのか、それは闇に閉ざされたまま、いまも明らかにされていない。

しかも、いまだ、いったい誰の指示で、鹿取真之助たちを襲い、謀殺したのかも謎に包まれたままだった。

筆頭家老津軽親高が命じたのか、あるいは次席家老大道寺為秀の命令か。それとも、藩主津軽親丞が命じたのか？

それにしても、津軽藩内部の抗争が津軽者同士で行なわれたなら、まだ分かるが、襲撃者たちに津軽者ではない余所者がいて、江戸弁を話していたというのは、どういうことなのか？

「寒九郎様、まもなくです」

寒九郎は草間の声に、はっと物思いから我に返った。

宿場町にさしかかっていた。大勢の旅人が往来を往き交っている。

内藤新宿。江戸日本橋を出立して、甲州《こうしゅう》街道で最初の宿場町である。

街道筋には、旅籠屋や引手茶屋が軒を接して並び、茶屋女や飯盛り女が大勢通りに出て、往き交う人の袖を引いていた。

寒九郎と草間大介も、通りに入った途端に、脂粉を振り撒く女たちに捕まった。

「あら、お若いおさむらいさん、休んでいきなさいな」

「渡世人のお兄さんも、ぜひ、うちに寄って。いい子がお相手するわよ」

「いいや、うちに来なんしょ。可愛がってあげるから」

「どけどけ。おまえら、御呼びじゃない」

草間が怒鳴る。女たちが嬌声を上げて、寒九郎と草間に取りついて離さない。

「あら、いいじゃないの、お兄さん。いい男ねえ」

「うるさい、どけ」

「まあ、どけだなんて。いけず」

寒九郎もほうほうの体《てい》で、女たちの輪から抜け出す。

「御免。御免。先を急ぐ。通してくれ」

寒九郎は女たちの手を振り切るのが精一杯で、冬だというのに汗だくになった。

女たちは、次に来る獲物を見付け、寒九郎たちから離れて行った。

「ああ、ひどい目に遭いましたなあ」

草間は外套の裾をぽんぽんと叩いて埃《ほこり》を払った。

「まったく。参った」

寒九郎は宿場町を見回した。人だけでなく、馬も往来している。旅籠屋の隣に馬の駅も見えた。

馬喰《ばくろう》が厩《うまや》から引き出した馬たちの馬体を慎重に調べていた。馬廻り見習いの寒九郎から見ても、いい馬が揃っているようだった。

「大西殿の住まいは？」

「旅籠屋駒《こま》やの横を入ったところにある長屋とのことです」

旅籠屋は通りの左右に、ざっと三、四十軒ほど軒を並べていた。旅籠屋街の中程に、旅籠屋「駒や」の看板が見えた。

「大西殿は何をなさっておる?」

「剣術の腕を使い、旅籠屋の用心棒をしていると聞きました」

「腕が立つのか?」

「はい。大西は直心影《じきしんかげ》流《りゅう》皆伝の腕前でした」

「用心棒で暮らしている?」

「サムライは、なかなか仕事がありませんからね。用心棒でもいいほうです」

寒九郎は、何者かに殺された神崎仁衛門《かんざきじんえもん》を思い出した。破門されたとはいえ、神崎仁衛門は谺一刀流の遣い手であった。神崎も深川の置き屋で用心棒をしていた。

駒やの横に細い路地の入り口があった。

「ここですね」

草間大介は、先に立って路地に入った。路地の先は寺の境内に通じている様子だった。

路地の奥に五軒長屋が建っていた。店の番頭や手代、飯盛り女や茶屋女たちの家族が住んでいる長屋だった。大西も、その長屋にいるらしい。

五軒長屋に差しかかった途端、草間が大声で怒鳴った。

「寒九郎様、ご用心を」

長屋の前には住人たちが集まり、大騒ぎをしていた。長屋の中では数人の人影が入り乱れ、斬り合っていた。

草間は三度笠を投げ捨てた。脇差しを抜き放ち、長屋に飛び込んだ。

「大西殿、お助けいたす」

人影は三、四人の黒装束姿だった。いずれも抜刀し、上がり框に倒れている浪人者に斬りかかっていた。

すでに浪人者は首や胸、腕を斬られ、血を流していた。

草間は黒装束たちの間に飛び込み、浪人者を背に庇った。

「おのれ、卑怯な」

寒九郎も大刀を抜いた。気合いをかけて威嚇《いかく》し、峯《みね》打ちを黒装束たちに叩き込んだ。

黒装束たちは、寒九郎と草間の突然の乱入にうろたえた。

「引け、引け」

頭らしい黒装束が怒鳴った。黒装束たちは、それをきっかけに一斉に路地の奥に向かって走り去った。

寒九郎は追うのをやめ、草間が抱えた浪人者に駆け寄った。

「大西殿、しっかりしろ」

草間が大西を励ました。大西は、胸や腕、首からの出血がひどかった。一目見て、これは助からないと思った。草間が大西にいった。

「大西殿、こちらは鹿取真之助様のご子息寒九郎殿。分かるか?」

大西は顔を寒九郎に向けた。

「……鹿取真之助様の御子様か……」

大西は血塗《まみ》れの手を寒九郎に伸ばした。寒九郎はその手を握った。

「大西殿、教えてくれ。父上と母上は、本当に亡くなられたのか?」

「申し訳ない。……それがし、鹿取真之助様と奥方様を……お守り出来なかった。済まぬ」

「父上と母上は、死んだのだな」

「お父上は殺された……奥方様も、それがしの目の前で首に懐剣をあてられ、ご自害なされた……済まぬ。警護役だったのに、お守り出来ず……申し訳ない」

「父上を斬ったのは誰か?」

大西は血の気を失った顔を歪め、喉をごくりと鳴らした。

「……刺青《いれずみ》……額《ひたい》に……鉤手《かぎて》……」

「額に鉤手の文字を刺青した男だというのか？」

「………………」

大西はうなずいた。それからごくりと喉を鳴らし、首をがっくりと落とした。

寒九郎は草間と顔を見合わせた。

やはり、父上と母上は命を落としたのだ。

さらに額に鉤手の文字を刺青した男が父上を殺したというのか。

寒九郎は、最期に力を振り絞って、両親の死を教えてくれた大西一之介に、合掌《がっしょう》した。

草間も大西の軀を部屋の畳の上に横たえ、手を合わせて冥福《めいふく》を祈った。

草間は、恐る恐る覗いていた長屋の住人に、金子《きんす》を渡し、大西を手厚く葬《ほうむ》ってくれと頼んだ。

「寒九郎様、それがし、ここから奥州《おうしゅう》街道に向かい、先に秋田《あきた》の白神山地に入ります。寒九郎様が、春、白神においでになるまでに、なんとか御祖父様の隠れ家を探しておきましょう」

「しかし、いまは冬の真っ只中だ。白神は雪深い。探索は容易ではないが」

「それは承知のこと。それがしも津軽育ちでござる。だが、雪だからこそ、普段は入れぬような険しい場所でも、入れることもあります。敵方も、それを見越して、先に刺客を送ったのでしょう。後《おく》れを取るわけにはいきません」

「やってくれるか」

「お任せください」

草間は胸をぽんと叩いた。

「だが、弼仙之助様を囮《おとり》にした罠《わな》の恐れもあります。軽々しくは陸奥《むつ》に来ないでください。仙之助様の隠れ家が分かり次第、早馬《はやうま》を出します。それまで待っていてください」

「分かった。待とう」

寒九郎は三度笠を拾い上げ、草間に渡した。

「道中、無事で」

「白神で、お待ちしています」

草間は三度笠を被り、くるりと踵を返して、大通りへ歩き出した。

三

藪入りは終わった。

お幸は玄関前で武田作之介と叔母の早苗、祖母の将子、由比進と元次郎にも、深々と頭を下げた。武家娘として礼儀に適《かな》った挨拶だった。

ついで、父の吉住敬之助、母のおくに、大吾郎にも、「お世話になりました」と丁寧に挨拶をした。おくには着物の袖をそっと目にあてた。

お幸は寒九郎の前に立つと目を伏せ、静かに頭を下げた。

「行って参ります」

「ご機嫌よう。達者でな」

「寒九郎様も」

お幸は湿った声でいった。

寒九郎は懐からちらりと赤い玉の簪を出して見せた。お幸は小さくうなずいた。

「いつまでも……」

お幸の声は途切れて、最後まで聞こえなかった。

お幸は中間《ちゅうげん》の肩に手を置き、御忍駕籠《おしのびかご》の中に乗り込んだ。駕籠の外に白い雪駄《せった》が残された。中間がさっと手を延ばして拾い、懐に仕舞った。

お幸を乗せた御忍駕籠の一行は、武田家の人々に見送られ、静々と武家門から出て行った。供侍が駕籠の脇について歩いて行く。

寒九郎はおくにや大吾郎とともに、門の外まで出て御忍駕籠を見送った。

寒九郎は懐の簪をしっかりと握った。

御忍駕籠の扉が閉まる時、お幸が打掛けの袖を目にあてるのが見えたように思った。お幸はまた駕籠の中で泣いているのだろうか？

寒九郎も目が熱くなるのを覚えた。

「おい、寒九郎。永遠の別れじゃないんだぞ。めそめそするねえ」

大吾郎は顔をしかめていた。

そうだよ。夏のお盆のころには、またお幸は帰って来るじゃないか。なのに、なぜ、こんなに哀しくなるのだ？

寒九郎は、空を仰いだ。振り向けば、真っ白な雪の富士山が夕陽を浴びていた。寒九郎は津軽の岩木山を思った。

寒九郎は、大吾郎と一緒に起倒流大門道場に行った。

隣の寺の境内では、門弟の弾之介や吉衛門たちが集まって焚火《たきび》を囲んでいた。彼らは大吾郎と寒九郎に気付くと手を上げた。焚火で餅を焼いている様子だった。

大吾郎は大声で叫んだ。

「あとで行く。わしらの分も残しておけよ」

弾之介たちは手を振り、早く来いと応えていた。

「あいつら、大食漢だから、ああでもいっておかんと全部食っちまうからな」

寒九郎は苦笑し、道場に上がった。

道場では、いつものように、栗沢師範代が少年門弟たちに掛け声をかけながら、素振りの稽古をつけていた。

大門老師は見所《けんぞ》で少年たちの稽古する様子を穏やかな顔で眺めていた。

寒九郎と大吾郎は見所に寄り、正座して大門老師に挨拶した。

寒九郎は大門老師にあらためて奉納仕合いで負けたことを報告し、お詫びを申し上げた。

大門老師は会場にいたので、寒九郎が反則負けしたことは知っている。栗沢師範代からも仕合いの子細は聞いている様子だった。

大門老師は笑いながらいった。

「勝敗は時の運。勝ったときは驕《おご》らず、負けたときは、口惜しさを糧《かて》にしろ」

「はい」

「しかし、反則負けは、いかんな。寒九郎、おぬし、あのとき寸止め出来たのに、わざと止めなかったな」

「はい。止めませんでした」

寒九郎は正直に認めた。嘘や言い訳はしたくなかった。

「相手も、はじめから寸止めするつもりなく、打ち込んで来たからか？」

「はい」

「たわけもの。いかん。相手がどうあれ、おまえが相手の挑発に乗って、規則を破ってはいかん。おまえは最後まで正々堂々と立ち向かうべきだった」

「しかし、師匠、それでは、それがしがやられてしまいます」

「やられるのはまだ修行が足りぬからだ。やられないよう修行を積め」

「はい。そうでしょうが……」

寒九郎は納得出来ずにいた。

「奉納仕合いは果たし合いではない。仕合いには互いが守らねばならぬ矩《のり》がある。その矩を破らず、最後まで守って勝つのが常道だ。こちらが矩を破り、たとえ相手に勝っても、本当の勝ちにあらずだ」

「はい」

「矩を破って、勝っても気分は悪いだろう？　後味《あとあじ》が悪い勝ちだったら、矩を守って負けるほうがせいせいするぞ」

「はい。たしかに」

「仕合いは、観衆が見守る中で行なわれる。矩を破るような汚い勝ち方は、みんなから軽蔑されるだけだ。それなら潔《いさぎよ》く負ける方がまだましだ。それがサムライというものだ。どうだ？」

「先生のおっしゃる通りでした。以後気をつけます」

　寒九郎は頭を下げた。

　大吾郎がぽんと寒九郎の肩を叩いた。

「だが、おまえにしては、よく頑張ったよ。俺がこんな具合でなかったら、あいつらを全員打ち倒していたところだった」

　大吾郎は吊った右腕を左手で撫でながら、にやりと笑った。

　大門老師は顔をしかめ、頭を振った。

「大吾郎、おまえは大口を叩かず、しっかり養生して、早く腕の骨折を治せ。それが先だ」

「へーい」

大吾郎は首をすくめて笑った。

「稽古、終わり。解散だ。よおし、みんな外に出ていいぞ」

栗沢師範代は大声で少年たちに宣した。

「ワーッ」

少年たちは歓声を上げ、稽古着姿のまま、戸外に飛び出して行った。

先刻から焼き餅の芳《こう》ばしい匂いが道場の中にも流れ込んでいた。

「旨そうな匂いですなあ。子どもたちは、気がそぞろで、稽古どころじゃない」

栗沢師範代は手拭いで汗を拭いながら見所に戻って来た。

少年たちと入れ替わるようにして、弾之介が焼いた餅を載せた笊《ざる》を見所に運んで来た。

「先生方、焼けました。お一つどうぞ」

「おう。これは、旨そうだのう」

「どれどれ」

大門老師と栗沢師範代は早速、笊の焦げた餅に手を延ばした。

「大吾郎や寒九郎も、熱いうちに」

「お、ごっつあん」と大吾郎。

「ありがとう」

寒九郎も焦げた餅に手を延ばした。

黒焦げの餅はまだ熱く、持っていることが出来ぬほどだった。

寒九郎たちは、手にした餅をぱたぱた叩いて、灰を落としながら齧《かじ》り付いた。

大門老師と栗沢師範代も、ほくほくしながら餅を頬張っていた。

「弾之介、これでは足りぬ。もっと持って来い」

大吾郎がふうふうと息を餅に吹きながらいった。

「さあ、残っているかな。餓鬼どもが押し寄せたからな」

「いいから、行って来い。先生方が食したいといっていたといってな」

「承知」

弾之介はうなずき、急いで道場から出て行った。

「ところで、先生、ご報告したいことがあります」

寒九郎は餅を食べながらいった。大門老師はふうふういいながら餅を食べていた。

「祖父仙之助は、どうやら生きているらしいと分かったのです」

「なに、まことか？」

大門老師は食べるのを止めた。

「それも、祖父は一昨年の秋まで、江戸に滞在しており、その後、郷里秋田の白神に戻ったらしいのです」

「江戸のどこに隠れておったというのだ？」

「それは分かりません」

「真《まこと》の話なら、なぜに、わしを訪ねて来ないのだ？」

大門老師は一人ごちるように呟いた。

「いったい、その話、どこから聞き付けた？」

寒九郎は草間大介から聞いた話の一部始終を、大門老師に話した。

「うーむ」

大門老師は話を聞き終わると、餅の欠片《かけら》を持ったまま考え込んだ。

「津軽藩江戸屋敷の家老たちが、仙之助のことを話していたというのだな」

「はい」

「何かな？」

「その草間大介、信用出来る男なのか」

「はい。それがしの傳役《もりやく》だった男で、父からも信頼されていた男でございます」

「もし、本当だとしたら、仙之助は、いったい何のために江戸に戻り、どこで何をしていたのか、だ」

「それがしたちが知らない、祖父の知り合いはおるのでしょうか？」

「ふーむ」

大門老師は答えず、餅の欠片を頬張って口をもぐもぐと動かした。

「もしや」

大門老師は口を噤《つぐ》んだ。

寒九郎は大門老師が次の言葉を発するのをじっと待った。

栗沢師範代も大吾郎も、口を動かすのも止めて大門老師を見つめた。

「まさか」

大門老師は一言発し、また黙った。

寒九郎は痺《しび》れを切らしていった。

「先生、まさか何だとおっしゃるのです？」

「…………？」

大門老師は驚いて、寒九郎を見つめた。

「わしが何か申したか？」

「いえ。何か物思いに耽《ふけ》ったまま、何もおっしゃらないので、つい業を煮やしてお尋ねしたのです」

「ううむ。もし、仙之助が生きているとしてだ。いや、そんなはずはないが、また誰かが北の邪宗門《じゃしゅうもん》を開こうとしているのか？　いや、そんなことはありえない。北の邪宗門は永遠に封印されたはずだ。ありえない」

大門老師はまた物思いに耽っている様子だった。

寒九郎が大門老師の躯を揺すった。

「先生、その北の邪宗門とは、いったい何でございますか？」

大門老師は喉をごくりと鳴らして、餅を飲み込んだ。我に返ったように、寒九郎を見つめた。

「寒九郎、わしがそんなことを申したか？」

「はい。北の邪宗門を開くとか……」

大門老師は寒九郎を手で制した。

「寒九郎、いや、師範代も大吾郎もだが、その汚《けが》らわしい言葉は、今後いっさい口にするな。口にすれば、身も心も汚れる」

寒九郎は訳が分からなくなり、栗沢師範代や大吾郎と顔を見合わせた。

栗沢師範代は寒九郎に首を振り、いまはそれ以上、大門老師に訊くな、と目配せした。寒九郎はうなずいた。もし尋ねても、大門老師の性格からして、いまは決して答えまい。

じっくりと時間をかけて訊くしかない。

ともあれ、祖父が生きているらしい、ということと、祖父が白神山地に籠《こ》もったという話だけで満足せねばならない。

「お待たせしました」

弾之介がまた笊に何個かの焼き餅を載せて運んで来た。

「おう、よしよし。待っていた」

早速、大吾郎が笊の餅に手を延ばした。

寒九郎も栗沢師範代も、焦げて熱い餅に手を出した。大吾郎が餅の一つを大門老師に差し出した。

大門老師は放心した状態で、餅を受け取った。だが、餅を食さず、何事かを考えている様子だった。

「それで、寒九郎、おぬし、仙之助を探しに、白神山地に行きたい、と申すのだな」

大門老師は突然に訊いた。

「はい。白神山地は、それがしの郷里。この機会に、ぜひに帰りたいと思います」

「仙之助が本当に白神山地に戻っているかどうか、戻っていても、どこにいるかは、まだ分からぬのだろう?」

「ええ。分かりません」

「しかも、いまは雪深い冬。わしも若いころ、白神山地に入ったことがあるが、冬の白神は雪に閉ざされている。地元のマタギしか、山地に入れない。白神山地は人をいっさい寄せ付けない魔界《まかい》だ。春になり、雪が融けるまで、おぬしが行っても動きは取れまいて」

「存じております。そこで、まずは草間大介を先に送りました。草間が祖父の消息を探り、隠れ家の所在を調べる所存。それが分かったら、草間は早馬で報せて来ることになっています。さすれば、それがしは、北へ帰り、白神山地に入ろうと思っています」

「うむ。そうか」

大門老師は焼き餅を噛りはじめた。だが、老師は遠くを見つめ、何事か考えているようであった。

寒九郎も、香ばしい焼き餅を齧りながら、大門老師がふと洩らした、北の邪宗門とは何なのか、気になった。

祖父仙之助は、なぜ、江戸に来て、何をしていたのか？

津軽藩から追われている仙之助を匿《かくま》ったのは、いったい、誰なのか？

寒九郎は、ふと思った。

そもそも、津軽藩は、なぜ、祖父仙之助を追っているのか？

父鹿取真之助が討たれたのは、藩政改革を急いだため、守旧派から粛清されたと思っていたが、もしかして、そうではなく、祖父仙之助の秘密に絡んでのことではなかったのか？

寒九郎は、何の脈絡もなく、蓑笠《みのかさ》を被った大男のお伽話《とぎばなし》を思い出した。

小僧、気付いたか？　遅いぞ。愚か者が。

真実は一つではないぞ。

一つの事実の背後には、いくつもの真実がある。それを見違えるな。

大男の濁声《だみごえ》が耳の奥で響いていた。

四

冬にしては暖かく穏やかな日和だった。

浅草仲見世通りは、老若男女の参詣客で賑わっていた。

寒九郎は、大内真兵衛との約束を果たすべく、浅草観音の境内にある水茶屋『高松や』の前に立った。

暖簾を押し上げ、店内に入った。

「いらっしゃーいませ。お一人さま、ご案内」

手伝いの娘の声が響いた。女将が客たちに愛想笑いをふりまいている。

女将は寒九郎を見ると、お辞儀をし、手伝いの娘に何事かを囁いた。

「こちらへ、どうぞ」

寒九郎は手伝いの娘に案内され、店の奥の座敷へと歩いた。

店には看板娘のお福に一目《ひとめ》会おうという男客たちが押し掛けていた。

大内真兵衛の話では、お福が寒九郎に会いたいということだった。だが、店を訪ね、お福が忙しくて会えなくても、大内との約束を果たしたことになる。

そう思うと、寒九郎は気が楽になった。

それに、なぜ、お福が自分に会いたがっているのか、訳が分からない。もしや、大吾郎の付け文のことか？

大吾郎は、寒九郎の話を聞いてから、お福こと美保の話をまったくしなくなった。可哀相だが、大吾郎は美保から振られた現実を認めたのだろう。

いまさら、その話を蒸し返したくない。せっかく癒えた傷口に塩を塗り込む真似はしたくない。

「こちらで少々お待ちください。いまお茶をご用意しますので」

お手伝いの娘は笑顔を見せたものの、取りつく島もなく引き揚げて行った。

案内された先は廊下の奥のがらんとした座敷だった。離れを思わせる部屋だ。

途中の廊下の左右の座敷には、華やかな芸妓をはべらせた商家の若旦那とか、淑《しと》やかな御女中を伴った、どこかの藩の留守居役らしい武士とかが茶を飲んでいた。

寒九郎は座布団に座り、女将か仲居が現われるのを待った。

やがて、先刻のお手伝い娘が盆にお茶の碗を載せて現われた。

「お待たせしました。お茶をどうぞ」

「それよりも、それがし、ここへ参ったのは……」

「お福さんにお会いにでございましょう。お福さんは、すぐに参ります。少々、お待ちください」

お手伝いの娘はにこやかに笑い、お茶を入れ、寒九郎の前に差し出した。

「それでは、ごゆるりと」

娘は立ち上がって廊下に出て行った。

寒九郎は湯呑み茶碗を取り、茶をすすった。

いったい、どうなっているのだ？

店は混んでいるのに、お福に会えるなんて。あまり段取りがよく進んでいくことに、寒九郎は少々戸惑った。

入れ替わるように艶《あで》やかな打掛け姿の女が現われ、部屋に入って来た。

「お待たせしました。お福にございます」

お福は廊下の襖をそっと閉めた。それから、寒九郎に三指をついて頭を下げた。

寒九郎は急いで座布団の上に座り直した。

「そ、それがしは、北風寒九郎と申して」

「お名前はよく存じ上げています。先日、大内真兵衛様がお連れになって、ご挨拶させていただきました」

「あ、そうでござったか」

寒九郎は前に見た時よりも、さらに美しくなったお福に見られ、どぎまぎした。

「大内殿から、おぬしの伝言をお聞きしました。それがしに御用がおありとの由《よし》、何でござろうか？」

「大吾郎様からいただいた付け文を拝読いたしました」

お福は寒九郎をまじまじと見ながらいった。

「女将の話では、読みもせず、囲炉裏の炭火に焼《く》べたとお聞きしたが」

「とんでもありませぬ。あのような心が籠もったお手紙を火に焼べるなんて罰があたります」

お福は濡れた目で寒九郎を見た。

寒九郎は慌てていった。

「そうでござったか。大吾郎も、おぬしへ出した文を読んだと聞けば、さぞ喜ぶことでござろう」

「あのお手紙をお書きになったのは、寒九郎様にございますね」

寒九郎は不意を突かれ、返答に窮《きゅう》した。

「いや、それがしでは……」

「大吾郎様から、以前、付け文をいただきました。今度、いただいた付け文は、書き文字といい、文章の中身といい、前の文とは見違えるものでした」

「………」

弱ったな、と寒九郎は思った。前に一度付け文したとは聞いていなかった。それを聞いたら、書きようもあったのに。

「それで、密かに吉衛門様にお尋ねしました。すると吉衛門様が内緒だが、と申されて、今度の付け文はあなた様がお書きになったと」

あの吉衛門め、なんてことをしてくれたのか。すべてぶち壊しではないか。

寒九郎はため息をついた。

「私は感激しました。あなた様がお書きになった、あの付け文は、私あてのものだったのでしょう?」

「は、はい。そうですが」

「寒九郎様」

お福はつつっと膝行《しっこう》し、寒九郎の懐に飛び込んで来た。芳《かぐわ》しい白粉《おしろい》の香りが、寒九郎の鼻孔を満たした。

「寒九郎様、うれしうございます。私もあなた様をお慕い申し上げます」

お福は寒九郎の胸にしなだれかかった。寒九郎は思わずお福の柔かな軀を抱いていた。

「お福どの、勘違いにござる」

「勘違いでも何でもいいです。こうして、寒九郎様に抱かれているのなら」

「ちょっと、待って。それがし、あの付け文を書いたが、大吾郎の気持ちになって書いたもの。それがしの気持ちではない」

寒九郎はお福の軀を押し退けた。

「まあ。あなた様の気持ちではない、とおっしゃるのですか」

お福は、きっと眉を吊り上げ、寒九郎を睨んだ。

突然、廊下に足音が立った。大勢がどかどかと床を踏み鳴らしてやって来る。

「大内様、お待ちなさいませ。奥へ行ってはいけませぬ」

甲高《かんだか》い女将の声が聞こえた。

お福はさっと動き、寒九郎に抱きついた。

「待て。お福どの。誤解される」

「いいんです。こうなったら、私、あなた様を離さない」

襖がからりと引き開けられた。

「案の定だ。寒九郎、貴様、俺との約束を破ってお福を抱いたな」

大内真兵衛が怒声を上げた。

後ろから宮原上衛門や近藤康吉たちの顔が覗いた。

「お福どの、誤解される。お願いだ。離してくれ」

寒九郎はお福の軀を押し退けようとした。

「寒九郎様、私を離さないで」

お福は寒九郎にしがみついて、顔を寒九郎の胸に伏せた。

「おのれ、寒九郎、外に出ろ」

大内真兵衛は真っ赤になって怒鳴った。

「俺を虚仮《こけ》にしおって、二人とも叩き斬ってやる」

寒九郎はまったくの窮地に陥《おちい》った。

どうするか。外に出て、大内たちと斬り合うか。大内たち直参旗本と斬り合えば、大事《おおごと》になる。死人でも出たら、切腹ものだ。

寒九郎は進退極まった。

どやどやっと、廊下にまた大勢の足音が響いた。

「平治さん、お待ちなさい」

女将の必死に止める声が響いた。

平治といえば、町奴の荒くれ者だ。

平治の顔が座敷を覗き込んだ。仲間の町奴たちも覗き込んだ。

「てめえか、さんぴん。お福に付け文した野郎は。とんでもねえ、俺たちの縄張りの水茶屋で、お福と逢瀬《おうせ》を楽しもうなんて、観音様が許そうとも、俺が許さねえ。さんぴん野郎め、ただじゃあおかねえ。外へ出ろ」

平治が大内に勝る大声で怒鳴った。

寒九郎はお福に抱きつかれたまま、二進《にっち》も三進《さっち》もいかず、じっと座っていた。

前門の虎《とら》、後門の狼《おおかみ》。

寒九郎は腹を括《くく》った。

「よかろう。大内殿、平治殿、こうなったら、仕方がない。お相手いたす。行きがかりだが、これも己れの身から出た錆《さび》。だが、いましばし待て」

寒九郎は大内と平治に言い放った。ついで、腕の中のお福に向いた。

「お福どの、それがし、おぬしを命に代えてもお守りいたす。約束する。だから、この手を離してくれ。これでは戦えぬ。このまま斬られて死ぬわけにいかぬ」

「…………」

お福は寒九郎の胸に埋めていた顔を上げた。

お福は顔に笑みを浮かべていた。

「いいねえ。寒九郎、あなたは男だねえ。ほんとに、あんたに惚れた」

お福は寒九郎から、さっと手を離すと、くるりと身を翻《ひるがえ》し、寒九郎を背に庇うようにして立った。

「いい娘ぶって、おとなしく聞いていたら、なんでえ。二人ともいい気になりやがって、好き勝手いってやがる。笑わせるない。こう見えても、あたしゃ、火消しのめ組の娘緋牡丹の美保でえ」

お福はいきなり片膝立ちになり、諸肌脱ぎになった。肩から背にかけて、緋牡丹の花の刺青が顕れた。

「人の恋路を邪魔しやがって。大内真兵衛、あたしと寒九郎様を斬るだって。斬れるもんなら、まずはあたしを斬ってみな」

お福は大内真兵衛を睨み付けた。その迫力に、大内はたじたじとなり、目を白黒させていた。

「あんたは、あたしに何度も付け文しやがったが、読めたもんじゃない。読み上げてやろうか。おまえの文と比べれば、寒九郎様が書いた付け文は、思いが籠もっていて、女心を蕩《とろ》けさせる。あたしゃ、読んで舞い上がったねえ。こんな男に抱かれたいって」

大内は仲間たちと顔を見合わせた。

お福は平治に顔を向けた。

「おい、平治、おまえは幼なじみだから、あたしの気性を知っているはずじゃなかったのかい。能ある鷹《たか》は爪隠すって。必死に昔の気性を隠して付き合っていたけど、こうなったら、本性を隠してはいられねえ。あたしの恋路を邪魔したあげく、あたしの寒九郎様を痛めつけようってえなら、あたしはほんとに許さねえ。寝小便たれの小僧っこのころの話をみんなにばらしてやろうか。それとも、火消しにもなれず、親方から……」

「分かった。黙れ」

平治はみんなの手前、おろおろしていた。

突然、女将が座敷に入って来て、寒九郎とお福を背にして、きちんと正座した。

「大内様、平治様、ここはみなさまが楽しくお遊びになる水茶屋にございます。喧嘩場ではありませぬ。どうぞ、私、高松やの女将の顔に免じて、矛《ほこ》を納めて、お引き取り願います。これこの通りにございます」

女将は両手をついて、大内と平治に平伏した。女将は平伏したまま、顔を畳にすりつけている。

「仕方ない。女将に免じて引き揚げよう」

大内が呻《うめ》くようにいい、近藤康吉たちを引き連れ、どかどかと床を踏み鳴らして引き揚げて行った。

「分かったよ。女将。騒がせて悪かったな。おい、おれたちも引き揚げようぜ」

平治は仲間に顎をしゃくり、大股で出て行った。

店の娘や客たちは、一時はどうなるのか、と固唾《かたず》を呑んでいたが、大内一派も平治たちも引き揚げて行ったので、ほっとし、また席に戻った。

女将は、すべての騒ぎが終わるまで、じっと平伏していた。やがて、女将は顔を上げて笑った。

「よかった。一時は、どうなるか、と思ったわ」

「申し訳ない、女将、礼をいう」

「礼は私よりも、軀を張って啖呵《たんか》を切ったお福にいうのね」

女将はにこっと笑い、立ち上がって座敷を出て行った。

寒九郎はほっとして、お福の諸肌になった背中を見た。お福の背の牡丹の花がぶるぶると震えていた。寒九郎は優しく着物の襟《えり》を上げ、お福の諸肌を隠した。

「ありがとう、寒九郎様」

「こちらこそ礼をいう。ありがとう、お福さん。助かった」

お福はくるりと向き直り、寒九郎の胸に飛び込んだ。寒九郎はお福の軀を受けとめた。お福の軀はかっと燃えるように熱かった。

「お福さん。それがしには」

「分かっています。いいひとがいるのでしょ。あの付け文、そのいいひとにあてて書いたものなのでしょ。私もそのくらいは察しがついています」

「うむ。済まない。お福さん」

「お福と呼んで」

「お福」

「もう一度、私をしっかり抱きしめて。あなたを忘れるから」

「うむ」

寒九郎はそっとお福を抱き寄せた。お福は寒九郎の腕の中で、じっとしていた。

寒九郎は抱きながら、お幸を思った。お幸だったら、どんなにいいだろう、と思った。

やがて、お福が寒九郎の胸から離れた。

「ああ、これでさっぱりした。あなたを忘れることが出来る」

「よかった。それがしも、忘れることが出来る」

「別れ際に、一つだけ大事なことを教えてあげる」

お福は寒九郎を正面から見つめた。

「どんなこと？」

「幕府大目付の松平貞親《まつだいらさだちか》様が、あなたのことを調べていた。あなたを何かで利用しようとしているみたいよ」

「どうして、それを？」

「知ったかというのね。ある日、幕府の要路という人がお忍びでお越しになり、この隣の座敷で、得体の知れぬ人たちとぼそぼそ密談していたの。襖越しに、北風寒九郎、あなたの名前が出て来る話が聞こえて来た」

「どんな話だった？」

「内容は分からない。ただ、あなたを使ってどうの、といっていた」

「ふうむ」

「その幕府要路という人は何者と訊いたら、大目付の松平貞親様だと分かったのよ。

役に立った？」

「ありがとう。役に立った」

寒九郎はうなずいた。

なぜ、幕府大目付が、自分のことを知っており、何に利用するというのだろうか？

寒九郎は、また増えたなぞに、首を傾げるのだった。

五

その後、何事もなく、二月が過ぎ、春三月になった。庭の梅の蕾《つぼみ》が開きはじめていた。

だが、富士山はまだ真っ白に被われていた。

寒九郎は明徳道場に通い、郷田師範や菊地師範代を相手に、厳しい稽古に励んでいた。

あのお福のことがあってから、大内真兵衛は寒九郎に一切《いっさい》構わなくなった。むしろ、寒九郎を敬遠している気配もあった。

大吾郎には、お福のことは言い難かったので、何もいわなかった。ただ吉衛門には、大吾郎に余計なことはいうな、と釘を刺しておいた。

草間大介からは、その後、何の連絡もなかった。広大な白神山地は、まだまだ冬に閉ざされている。祖父谺仙之助の隠れ家を探すのは、並大抵《なみたいてい》なことではない。

ともあれ、気を長くして、草間からの便りを待つしかない。

いつものように、道場で稽古に励んでいると、門弟の走り使いが来て、指南役の橘左近が呼んでいるといった。稽古が終わったら、指南役の部屋に来いということだった。急がない、という一言も付いていた。

寒九郎は指南役の部屋を訪れた。

「入れ」

部屋の中から橘左近の声が返った。

「失礼します」

寒九郎は襖を開け、部屋に入った。橘左近は部屋の座り机の前で背を向けて座っていた。

机の上には、分厚い冊子が開いていた。

橘左近は冊子を閉じた。軀を回し、寒九郎に向いた。

「谺仙之助について、その後、何か新しいことは分かったか?」

「いえ。何もありません」

橘左近には、これまで分かったことは、ほぼすべて伝えてあった。大門老師に口にするな、といわれた「北の邪宗門」については、まだ話していない。

橘左近は静かな口調でいった。

「わしの方の調べでは、やはり、谺仙之助は一時、江戸に来ていたことが分かった。しかも、どこに隠れ住んでいたかも分かった」

「どちらに住んでいたのですか？」

寒九郎は膝を乗り出した。

「上野《うえの》の寛永寺《かんえいじ》だ」

「なぜ、そのような寺院に？」

上野の寛永寺は正式には東叡山《とうえいざん》寛永寺と呼ばれている。徳川《とくがわ》家の菩提寺《ぼだいじ》の一つでもある徳川幕府にとって神聖な寺院でもある。

「谺仙之助は、いまも徳川家の庇護を受けていたのだ」

「祖父は、どうして徳川家の庇護を受けていたのですか？」

「以前に話をしたことに絡むので、全部は話せない。ともあれ、谺仙之助、大門甚兵衛《じんべえ》、わしの三人が密命を受けた話をしたな。それに関係がある」

「どういうことにございますか?」

「ここからは、聞いたこと、一切他言無用。下手《へた》をすれば首が飛ぶ。いいな」

橘左近はじろりと寒九郎を睨んだ。

寒九郎はうなずいた。

「はい。他言無用とします。口が裂けても他人にはいいません」

「よかろう。われら三人は、それぞればらばらに、ある人物の暗殺を命令されたことは申したな」

「はい」

「誰を暗殺したかは、谺仙之助しか知らぬ。わしらも、知らぬことはいえぬ。そのため、何が起こったのかについては、わしら三人は墓場まで持って行く約束になっていた。そのことも話したな」

「はい。ですが、その約束は祖父仙之助が死んだと思われていたからでしょう? 亡き祖父仙之助が口を開かぬ限り、残る二人は口外しないという約束だったのですよね」

「うむ。そうだ」

寒九郎は、そこで頭に浮かんだ疑問を橘にぶつけた。

「どうして、そのような変な約束をしたのですか？」

「ははは。変か？」

「変ですよ。まるで、祖父谺仙之助が主人で、橘左近様や大門甚兵衛様が従のような感じがする」

「ふむ」

橘はにやりとした。寒九郎は続けた。

「あるいは、三人ばらばらに命じられ、暗殺指令を実行したが、ひとり祖父だけが暗殺作戦に成功し、橘先生と大門先生は失敗した。それで橘先生と大門先生は、成功した祖父谺仙之助に口外無用といわれ、それを忠実に守っている」

「半分は当たっているが、残り半分ははずれだ」

「では、どういうことなのです？」

「例《たと》え話をしよう。ある門の扉を開く第一の鍵を持っているのが仙之助だとしよう。わしは、第一の門が開いたあと、第二の門の扉を開く鍵を持っている。そして、大門は第三の門の扉を開く鍵だ。だから、第一の門の扉を開く鍵を持つ谺仙之助が、その鍵を使わぬ限り、門は開かず、中に入れない」

門か。

寒九郎は連想してある言葉が頭に閃いた。大門老師から、汚《けが》れるから口にしてはいけないといわれていたが、あえていってみた。呟くようにぽつりと。

「……北の邪宗門……」

橘左近の目が異様に光った。

「寒九郎、いま何と申した？」

「いえ、何も」

寒九郎は慌てて嘘をいった。橘左近が一瞬で顔色を変えたので、恐くなったからだった。

橘左近は口を噤《つぐ》み、疑い深そうな目でじっと寒九郎を見つめた。

寒九郎は後悔していた。邪宗門はいってはならない禁句だったのだろうか？

「まあ、いいだろう。話を戻そう。暗殺する対象については、谺仙之助がいわぬ限り、われらもいえない。だが、誰が、暗殺指令を出したかはいえる」

「誰だったのです？」

「前代の将軍様だ。正確には、前代の将軍様の意向を受けた側用人《そばようにん》だ。将軍の次に権力を持っていた人物だ。だから、その将軍様の威光《いこう》で、谺仙之助はいまも徳川家に匿われておるのだ」

「前代の将軍様とは？」

「もう亡くなった」

「側用人は、どなたです？」

「それは自分で調べろ。わしにはいえぬ。まだその御方は御隠居として生きておられる。昔のような実権はないものの、いまも隠然《いんぜん》たる力はある」

寒九郎は考えた。

橘左近から聞き出すには、ほかの角度から話を訊くしかない。

「津軽藩は、どうやら、父鹿取真之助や祖父谺仙之助にからむ、何か重大な秘密を、必死に闇に葬り去ろうとしているように思います。先生に、その重大な秘密についての心当たりはありませぬか？」

「ふうむ」

橘左近の目がまた光を帯《お》びた。

「それで、叔父武田作之介が、諸藩の内情をお調べになる大目付様の側近の知人にあたって、津軽藩の内紛について調べてもらったら、その知人は大目付様からひどく叱られたそうです。以後、いっさい津軽藩の内紛に触れてはいかん、すべて幕府の保秘《ほひ》だと」

橘左近は顔をしかめ、一人ごちた。

「いまの大目付といえば松平貞親殿だな。そうか。そういうことか。それならありうる」

「先生、どういうことなのですか？」

「先にいった側用人、いまは隠居となっていると申したが、松平貞親殿のお父上だ」

「では、大目付の松平貞親様は、お父上の御隠居様の意向を受けて、何かを画策している、というのですか？」

「そういうことだな」

橘左近はにやりと笑った。

「ある筋から聞きました。それがしは、その大目付様から、目をつけられ、行動を監視されているらしいのです」

寒九郎はお福のことを思い出しながらいった。

「そうか。松平貞親殿からすると、寒九郎、おぬしの動きが目障《めざわ》りになっているのだ」

「どうしてでしょう？」

「おぬしが、父鹿取真之助の命《めい》を受けて、谺仙之助に接触し、昔、潰《つい》えた計画を復活させるのではないか、と警戒しているのかも知れないな」

「その潰えた計画とは、何なのです？」

「それは、間違っても、わしがいうわけにはいかん。おぬしの祖父谺仙之助がすべてを知っている。わしや大門は、その一角しか知らないのだ」

また谺仙之助に訊け、か。

結局、堂々巡りをして、谺仙之助に辿り着く。

寒九郎はため息混じりに訊いた。

「先生、祖父谺仙之助の弟子が二人いると申されていましたね。一人は、南部嘉門《なんぶかもん》、もう一人は、大曲 兵衛《おおまがりひょうえ》。二人は、祖父谺仙之助と一緒にいると思われますか」

「谺仙之助が生きているなら、きっと二人は一緒だ。両者は忠実な阿吽《あうん》の番犬だからな。大曲兵衛が阿、南部嘉門が吽だ。直弟子《じきでし》を僭称《せんしょう》していた神崎仁衛門に比べれば、二人は数段上の熟練者と思った。寒九郎、おぬし、本気で白神山地に行くつもりか？行って祖父谺仙之助を探すか？」

「はい。草間大介から、連絡が入り次第に、駆け付けようと思っております」

寒九郎は胸を張って宣言した。

橘左近は穏やかな顔になった。

「そうか。それはいい。出来れば、早く江戸を離れた方がいい。でないと、おぬしに御上《おかみ》から無用な呼び出しがかかるかも知れないのでな」

「無用な呼び出しですか？」

「先日の奉納仕合いで、御上は何人かの剣の遣い手に目をつけたそうだ。いずれ、その目を付けた御仁を密かに呼び出し、密命を与えて、何かをやらせようとしている。かつての三羽烏《さんばがらす》の我々のようにな」

橘左近はため息をついた。

「若いころのわしたちは、それを名誉に思い、喜び勇んで密命を帯びて地方に出た。そして、人を殺したり、傷つけた。その結果、己れも傷付き、命を削った。そんなことは、もう二度とさせたくない。わしらだけで、十分だ」

「…………」

橘左近の目に悔悟の光があった。寒九郎は、厳《いか》つい顔の橘左近が急に年を取って穏やかな老人になるのを感じた。

「だから、寒九郎、おぬしにもいいたい。おぬしは、あの仕合いで、きっと御上から目をつけられた。おぬしを刺客に仕立てて、誰かを殺《あや》めようと考えている。もしかして、大目付の松平貞親殿がおぬしを監視させているのは、目をつけたからかも知れない。気を付けるのだぞ」

「はい。気を付けます、先生」

寒九郎は、そういったものの、何に気を付けたらいいのか、分からなかった。

ただ、何やら自分では分からない世界で、世の中を動かす怪物が邪悪な心を以って、虎視眈眈《こしたんたん》と目を光らせているのを感じるのだった。

六

桜が咲く季節になった。

馬場の桜も満開になり、花びらが風に乗って舞いはじめていた。

富士山は春霞《はるがすみ》に隠れて、朧《おぼろ》にしか見えない。

寒九郎は花の香りを運ぶ風に吹かれながら、楓の馬上で甘い空気を胸いっぱいに吸った。

寒九郎が相馬泰助と馬の轡《くつわ》を並べて屋敷に戻ると、叔母の早苗が尋常ではない顔で、玄関から表に駆け出して来た。

「寒九郎、早馬が参りましたよ。草間大介殿からの書状が届いています」

寒九郎は急いで楓から飛び降りた。

待ちに待っていた便りだ。

寒九郎は早苗から書状を受け取り、その場で包みの封を切って開けた。巻紙の手紙を取出して、さっと書面に目を通した。

書き急いだらしく、字が乱れていた。用件を七箇条にまとめ、手短に記してあった。

「一つ、御祖父谺仙之助様、御生存を確認いたし候事。

二つ、白神奥地の暗門《あんもん》の滝に、仙之助様お住まいの隠れ家を見付け候事。

三つ、仙之助様探索の津軽藩追っ手と遭遇仕《つかまつ》り候事。

四つ、公儀隠密も白神山地に入り、探索を致し候事。

五つ、必ず馬にて御出でいただきたく候事。

六つ、くれぐれも白神の神々を敬い、決して神域を侵すべからざる事。

七つ、秋田藩領内藤里《ふじさと》村にて、お待ち致し候事。……」

末尾に草間大介と署名され、草間家の家紋が記されていた。

「寒九郎、いかがいたしました？　何か悪い知らせでも？」

早苗が心配そうに寒九郎の手元を覗き込んだ。寒九郎は書状を早苗に手渡した。

「いえ、いい知らせです。祖父谺仙之助が生きていることが確認されました。やはり、郷里の白神山地に戻っているとの由です」

早苗は手紙を読みながら、そっと胸を撫で下ろした。

「ああ、よかった。悪い知らせかと思ってました。お父さまは生きてらしたのですね。ほんとによかった。旦那様がお帰りになったら、すぐにお知らせしなければ。きっとお喜びになられるでしょう。由比進たちも」

早苗は玄関から屋敷の中に大声で、

「由比進、元次郎、いい知らせよ。二人ともすぐに来て」

と叫んだ。

「母上、何事です」

由比進と元次郎が、屋敷の奥からばたばたと玄関の式台に駆け付けた。

「お祖父さまが生きているというお知らせですよ」

元次郎は寒九郎の手元の書状を覗き込んだ。

「へえ。お祖父さま？　会ったことない」

「お元気なのかな？　もうだいぶお年のはずだからな。十年以上も、お祖父さまの顔を見ていないものなあ」

由比進は書状を見ながらいった。

寒九郎は意を決して早苗に向いた。

「母上……いや叔母上」

寒九郎は、言い間違って、顔を赤らめた。

由比進がじろりと寒九郎を見たが、何もいわなかった。

「それがし、北へ帰ろうと思います。帰って、白神山地に入り、お祖父さまにお会いしたい。父上のお祖父さま宛のお手紙をお渡ししたいのです。お許しいただけませんか」

早苗は目を瞠《みは》り、寒九郎をまじまじと見つめた。

「まあ、寒九郎。北へ帰るというのですか。津軽は危険です。津軽藩の追っ手も待ち受けているでしょうから」

由比進も真剣な面持ちで口を出した。

「母上、それがしも寒九郎に同行し、お祖父さまにお目にかかります」

「由比進も……」

早苗は絶句した。

「あなたは腕を怪我しているのではありませんか？」

「とっくに治っていますよ。これ、この通り」

由比進は右腕を早苗の前でぐるぐると回した。

「寒九郎と二人で行けば、向かうところ敵なしです。な、寒九郎」

寒九郎はうなずいた。

「そうだな。我ら最強の孫二人が駆け付ければ、お祖父さまもきっと大喜びなさることでしょう」

「お父上が、なんとおっしゃられるか」

早苗が心配顔でいった。由比進は笑った。

「母上、それがしは、いまや元服を終えた一人前のおとなです。おとなになったら、己れのことは、己れが律する。お父上も、そうおっしゃっておられたではないですか」

早苗は言葉に詰まった。

傍らの元次郎が早苗を見上げた。

「母上、それがしも兄上たちと一緒に行きたい」

「あなたはだめ。まだ子どもでしょ」

早苗は即座にぴしゃりといった。

「ち、つまんないの」

元次郎は膨れっ面をして、由比進や寒九郎を見上げた。

「元次郎、おまえは母上の側《そば》にいて、お守りしてくれ。よいな」

由比進は諭すようにいった。

傍《かたわ》らで楓がぶるると鼻を鳴らし、寒九郎の背を押した。寒九郎は振り向いた。

楓が長い首を上下させた。

「おう、楓、腹が減ったか。ごめんごめん、楓のことをうっかり忘れていた。では、またあとで伺います」

寒九郎は早苗にいい、楓の轡を取って厩へ歩き出した。


その夜、夕食を終えたあと、寒九郎は武田作之介の書院に呼ばれた。

書院には、作之介と由比進、早苗の三人が沈痛な面持ちで座っていた。

由比進は不貞腐《ふてくさ》れた顔で口をへの字に結んでいた。作之介は腕組みをし、憮然とした顔をしていた。早苗は浮かぬ顔で、火鉢の炭火を火箸でいじっていた。

寒九郎は座の雰囲気を一目見て、由比進が作之介と激しく言い合ったのを察知した。

寒九郎が作之介の前に座ると、作之介は組んでいた腕を解いた。

「寒九郎、奥から話は聞いた。祖父上が生きておられたというのは、何にも勝る朗報だ。それを聞いて、私もほっと安堵している。それで、寒九郎が祖父上に会うため、北へ帰りたいということだが」

作之介はいったん言葉を切って、叔母の早苗と顔を見合わせた。早苗は哀しげに作之介を見つめた。

「私の下した結論をいおう。寒九郎が北へ戻ることを許可しよう。奥はおぬしを行かせたくないと強く反対しているが、おまえの気持ちを尊重しよう。もし、私が許さなかったとしても、寒九郎はきっと無断でここを抜け出し、北へ行くだろう。どうだ？」

「はい。申し訳ありませんが、御許可いただけなかったら、そうさせていただく所存でした。父上の手紙を、祖父に届けるためもあります」

寒九郎は正直にいった。

「そうだろうな。奥、寒九郎の気持ちを汲んでやれ」

「はい。でも、……」

早苗は顔を伏せた。

「それから、由比進の願いだが、これは許可できぬと申し渡した。由比進は、我が家の後継ぎである大事な長子だ。危険な旅に出すことは出来来ぬ」

作之介は由比進に言い聞かすように話す。

「もちろん、寒九郎、おぬしのことも由比進同様に心配しておる。出来れば、おぬしも危険な旅に出したくはない。寒九郎も、鹿取真之助の跡を継ぐ嫡子《ちゃくし》だし、おぬしが死んだら、鹿取家を再興する道は閉ざされてしまうからな。私も奥もおぬしを大事な息子の一人だと思っておる。そのこと、十分に心に刻んでおいてくれ」

「はい。温かいお言葉をいただき、ありがとうございます」

寒九郎は作之介と早苗に頭を下げた。

「それで、いつ出立《しゅったつ》いたす？」

「出来るだけ早く、と思っています」

寒九郎は急《せ》く気持ちを抑えながらいった。

「一つ、お願いがございます」

「何かな？」

「ぜひに楓をいただけないかと」

「おう、そうか。楓をな。手紙にも、馬で来るように書いてあったな。よかろう。楓を連れて行け。大事に扱うのだぞ」

「はい。ありがとうございます」

「ほかにも、旅の支度はある。奥、寒九郎のため、出来るだけのことをしてあげなさい」

「はい。旦那様」

早苗はうなずいた。

「路銀も必要になろう。寒九郎、なんなりと申せ」

「はい。ありがとうございます」

寒九郎は心から感謝するのだった。

由比進に目をやった。由比進は一言も発せず、腕を組んでいた。

七

寒九郎は楓の手綱を引き、小川の畔《ほとり》に止めた。細い小道は山間を抜け、また森の中に延々と続いていた。

奥州街道白河《しらかわ》関を抜け、さらに陸奥に延びる街道をひたすら北上する。

三年前、この街道を逆に江戸に向かって、子どもの足で歩いたのか、と思うと感慨深い。

楓の背から、ひらりと飛び降りた。寒九郎は腰を伸ばし、筋肉を解《ほぐ》した。

寒九郎は竹筒に口をあて、喉を鳴らして水を飲んだ。

空は曇り模様で、行く手の空には暗雲が垂れ籠めていた。

みんなに見送られて、江戸を出立した時は、からりと晴れた空だったが、北へ進むにつれて、だんだんと天気が悪くなる。

楓は小川の水を飲み、ついで、道端の草を食べはじめている。

寒九郎は、出立の時、由比進がそっと寒九郎に寄り、囁いた言葉を思い出した。

「寒九郎、それがしも必ず行くからな。待っておれよ」

由比進は寒九郎の背を叩き、にやっと笑った。

「無理するな。叔母上を大事にしろ」

寒九郎は囁き返した。

叔母の早苗の懇請《こんせい》を、どう振り切ってやって来るのかが鍵になるだろう。

寒九郎は懐に入れた簪に手を触れた。

お幸には、何も伝言せずに出立した。北へ帰るといったら、きっとお幸は心配する。無用な心配はかけたくなかった。ただ、お幸の母のおくにに、「必ず、無事に戻ります。それまで、お幸をよろしく」と伝えた。

おくには涙ぐみ、「きっとですよ」とくりかえしていた。

大吾郎は手作りの刀子《とうす》をそっと手渡してくれた。一言「俺の守り短刀だ」といった。

寒九郎は、立ち上がった。

「楓、行くぞ」

楓は草を食べるのをやめ、ぶるると鼻面を震わせた。

寒九郎は手綱を握り、楓の背に飛び乗った。

鐙《あぶみ》で楓の腹を蹴った。楓はまた軽やかに奥州街道を駆け出した。

行く手には、陸奥の低い丘陵が延々と広がっている。

八

行灯の明かりが部屋の障子戸を仄《ほの》かに照らしていた。朧《おぼろ》に人影が浮かび上がった。

「おい、起きろ、弱虫小僧」

寒九郎は軀を揺すられ、目を覚ました。

枕元に蓑笠を着た大男が座っていた。

「またおまえか。それがしは、くたくたに疲れている。休ませてくれ」

「小僧、やっと津軽に戻る気持ちになったな。それは褒《ほ》めてやろう」

「褒めてくれなくてもいい。それがしは、眠い。明日も朝早く発つ。眠らせてくれ」

寒九郎は寝返りを打ち、大男に背を向けた。

大男は身軽に寒九郎の軀を跨《また》ぎ、また寒九郎の目の前に座った。

「逃げるな、小僧。おぬしのお伽話を聞きに来た。話せ」

「それがしのお伽話なんぞない」

「ない？　そんなはずはない。人は誰でも、一つはお伽話を持っている。小僧の場合、親を見捨て、故郷も捨てて、泣きながら江戸の親戚の許《もと》に逃げた、情けない小僧の物語を知っているはずだ」

「それがしのことか？」

「思い出したか？」

「それがし、親を見捨てたわけではない」

「見捨てたか否かは、聞く者が判断する。小僧が決めることではない」

「ふるさとも捨ててはいない。だから、こうして白神に戻ろうとしている」

「小僧、白神はおまえのふるさとではないぞ」

「いや、それがしのふるさとは白神だ」

「たわけ、小僧のふるさとはツガルだぞ。ツガルを忘れるな。白神はツガルの一部ではあるが、ツガルそのものではない」

寒九郎は意味が分からず、大男を見上げた。

「だが、なんといわれても、それがしは白神山地に生まれ育った。だから、ふるさとは白神だ」

母菊恵は、白神山中で寒九郎を産み落としたといっていた。父鹿取真之助はそのころ、白神山中に籠もって、剣の修行をしていた。母はその父を慕って白神山地に踏み入り、父と結ばれた。当時もいまも、白神山地は女人禁制な神聖な地だった。その禁を破っても、父を追って入山した母を、白神の神々は許してくれた、と父母はいっていた。

だから、己れは生粋《きっすい》の白神生まれだと思っていた。ふるさとは、その白神ではなく、津軽だと？　どういうことなのだ？

大男は薄暗がりの中で静かに笑った。

「まあいい。いまは小僧のふるさとは白神としよう。では、問う。白神っ子ならば、白神山地に入る際の儀礼を存じておろうな」

「……知らぬ。いや、忘れた」

「忘れたとはいわせぬぞ。白神山地は、神々の神聖な地であるとともに魔界だ。魔界には、いろいろな魔物が棲みつき、神々をお守りしている」

「………」

子どものころ、誰からか、同じような話を聞いたことがあるのを思い出した。山に入るには何かをしなければならない。神々の許しを乞う真言《しんごん》や魔物を鎮《しず》める呪《じゅ》文《もん》があった。それをやらないと、魔界を永遠に彷徨《さまよ》うことになり、魔界から抜け出すことが出来ないといわれたことがある。

「そうだ。小僧、思い出したか？」

「塩で身を清める」

「それから？」

「白神山地の入り口に向かい、真言か呪文を唱《とな》えて、神々から入山の許しを乞う」

「そうだ。その真言は？」

「……忘れた」

どうしても思い出せない。

「では、せめてもの呪文は覚えておろうな？」

「ううむ」

誰かから教わった記憶がかすかにあった。目の奥に修験者《しゅげんじゃ》の人影が揺らめいていた。修験者から教えてもらったというのか？　だが、思い出せない。

「……やはり、忘れた。思い出せぬ」

「困った小僧だな。仕方がない教えてしんぜよう。九字《くじ》切りだ」

「……九字切り？」

遠い記憶が甦《よみがえ》った。九つの字を唱え、手刀《てがたな》で宙を切る。

九字とは、臨、烈、前、……あとは、出て来ない。忘れた。

「仕方ないのう。九字は、臨《てん》、兵《ぴょう》、闘《とう》、者《しゃ》、皆《かい》、陳《じん》、烈《れつ》、在《ざい》、前《ぜん》だ」

寒九郎は口の中でうろ覚えの九字を何度も唱えた。

「臨、兵、闘、者、皆、陳、烈、在、前。臨、兵、闘、者、皆、陳、烈、在、前……」

思い出した。そうだった。九字護身法《ごしんぼう》だ。

白神の森に入る時に、唱えた覚えがある。

「いいか。手刀の刀印を結び、九字を切れ」

大男は手刀で空を四縦五横《しじゅうごおう》の直線で切った。

寒九郎も大男の真似をして、空中を手刀で四縦五横に切った。

それから、森に走り込む。子どものころに、仲間と遊びでよくやった九字護身法だった。

「さすれば、魔界は開かれ、おぬしは無事に入ることが出来る。ただし、神々がおぬしの入山を温かく迎えてくれるかどうかは、まだ分からないが」

大男は笑った。

「ところで、マキリは持っているのか？」

「まきり？」

「刀子《とうす》だよ。魔切りの刀子だ」

寒九郎は、大吾郎から貰った手作りの刀子を思い出した。護身用に常に身近に置いてある。

大男は手作りの刀子を取り上げた。鞘を払い、柄や刃を確かめた。

「うむ。これならいい。いいマキリだ。魔物に襲われたら、九字を唱え、このマキリで切れ」

大男は刀子を鞘に納め、枕元に戻した。

障子戸が少しずつ明るくなりはじめた。

「そろそろ夜が明けそうだな」

大男は蓑笠を揺らして立ち上がった。

「小僧、白神山地には、大昔から森を守る守護神がいる。カムイだ」

「カムイ？」

「カムイの化身が白狼《はくろう》だ」

「白狼？」

「巨大な白い狼だ。白神山地の狼たちを率いている。カムイには逆らうな」

「うむ」

「カムイは滅多《めった》に人の目に触れぬ。カムイを見た者は死ぬ、といわれている」

「…………」

「ほかの噂では、カムイに認められた者は、長生きするともいわれている。どちらにしても、カムイに遇《あ》えたら、幸運だと思え」

宿の外で雄鶏《おんどり》が高らかに鳴いた。

それとともに大男の姿は消えていた。

カムイか。

寒九郎は寝床の中で、白い狼を思った。子どものころ、森で一度白狼を見かけたような気がした。

白狼は青い眼で寒九郎を睨み、白い牙を剝いていた。足が竦《すく》んで動けなくなった寒九郎を、じっと睨んでいたが、やがて、身を翻し、悠々と森に消えて行った。

あれは本当のことだったのか、あるいは夢だったのだろうか。

寒九郎は考えながら転寝《うたたね》に戻って行った。

九

江戸を出て十二日。

ようやく盛岡藩の城下に着いた。ここから雫石《しずくいし》街道を西に向かい、国境《くにざかい》の国見峠《くにみとうげ》を越えれば、秋田藩領である。街道は秋田街道となる。

秋田、雫石街道は盛岡城下と秋田の土崎湊《つちざきみなと》を結ぶ通商街道でもあったので、馬の背にたくさんの荷を積んだ商人たちが、大勢往き交っていた。何十頭もの馬を引き連れた馬買い衆の姿もあった。

沿道のところどころには、桜がちらほら咲きはじめていた。

寒九郎は楓を労《いた》わりながら街道を急いだ。

さすがに十二日も乗り詰めだと、楓も疲れが溜まっている。足取りも重い。

宿場には早めに入り、宿場の駅の厩に楓を入れて、たっぷりと飼い葉を与えて休ませる。

秋田街道を西へ向かう途中で、北への支道に入る。

十三日目、雪解け水が滔々《とうとう》と流れる米代川《よねしろがわ》を越えた。二ッ《ふたっ》井村《いむら》の商人宿に投宿した。

村からは北に白神山地の連なりが見える。

いよいよ、白神山地は目前だった。

寒九郎は村人たちから藤里村への行き方を教えてもらった。

藤里村まで、およそ三里。地元で藤琴川《ふじことがわ》と呼ばれる沢川《さわがわ》沿いに山道を登り、さらに粕毛川《かすげがわ》沿いの小道を北へ進めば、めざす藤里の村落に着く。

十四日目。

前方に、まだ雪を被った嶺嶺《みねみね》が連なっている。

寒九郎は村人に教えられた山道をひたすら辿った。森が切れたと思うと、十数軒の農家の集落が見えた。藤里の村だった。

村の周囲には、狭い土地を耕した畑があった。放し飼いされた鶏が農家の庭で餌を啄《つい》ばんでいた。村の子どもたちが、庭先で遊んでいた。

寒九郎は楓を村の中に乗り入れた。

山に働きに行っているのか、村人の姿はほとんどない。

村の農家で一番大きい曲がり屋の庭に楓を止めて降りた。曲がり屋は家の中に厩を造り、人と馬が共に暮らしている。

寒九郎が楓の手綱を引いて庭に入って行くと、すぐに家人の老婆が顔を見せた。

寒九郎は老婆に挨拶し、村に投宿している侍はいないか、と訊いた。老婆は欠けた歯の口をもぐもぐさせ、村外れの小屋を指差した。

村には宿屋がない。そのため、日ごろは集会所としている小屋を客人を泊めるために使っているのだ。

寒九郎は礼をいい、楓を引いて、小道を進み、小屋に向かった。子どもたちが、珍しがって寒九郎と楓について来た。

小屋の扉は、ぴたりと閉じられていた。寒九郎がいくら訪《おとな》いを告げても、誰も出て来ない。

寒九郎は扉の把手《とって》を摑んで開いた。

小屋の中には、誰もいなかった。囲炉裏《いろり》が一つあり、周囲に藁の茣蓙《ござ》が敷いてある。

外に繋いだ楓がいないた。寒九郎が外に出ると、鉞《まさかり》を手にした老樵夫《きこり》が立っていた。

いつの間にか、子どもたちの姿はなかった。

老樵夫は寒九郎を睨みつけ、凄んでいった。

「なにしに来ただ？」

「怪しい者ではない。こちらの村に逗留している草間大介殿に会いに来た者だ」

「あんたの名前は？」

「鹿取寒九郎と申す。草間殿に聞けば、それがしのことは分かる」

老人はにやっと笑い、構えていた鉞を下ろした。

「なんだ。そんならそうと、早くにいえばよかんべに」

「草間殿はどちらにいる？」

「山だべ」

老樵夫は顎《あご》で北の方を指した。

「いつ戻られる？」

「戻らねえだ」

「戻らない？」

「うんだ」

弱ったな、と寒九郎は思った。

「連絡は取れるか？」

「取れないことはねえが、会いに行けばよかんべ」

「どこへ行ったらいい？」

「案内すべえ」

「案内してくれるのか？　ありがたい」

「草間の旦那が、おめえさんが来たら、山へ案内してくれといってたべな」

寒九郎は頭を振った。

そんならそうと、はじめにいってくれれば、いいではないか。

「では、案内をお願いいたす」

「行くべか」

老樵夫は顎をしゃくり、鉞を担いで歩き出した。

寒九郎も楓の轡を取り、老樵夫のあとについて歩いた。

「めんこい馬っこだな」

「ああ。可愛いやつだ」

「牝《めす》だんべ？　名前は？」

「楓だ。爺さんの馬は？」

「うちんちの馬っこは、牡《おす》だ。でけえし、力持ちだ。うちのアオと掛け合わせっか？」

爺は欠けた歯を見せて笑った。

「楓がアオを気に入ればな。こいつ、牝だが気が荒い」

「よかんべ。アオは気が優しいんだ。人懐《ひとなつ》っこくて、よくいうことを聞くんだ」

爺は目を細めた。

「アオは、いま、どこに？」

「おめえ、うちさ、寄ったべ。わしの婆が、小屋を教えたべ」

「ああ、あの曲がり屋か？」

「もっとも、アオはいま山に行っているべえ。材の運びをやってんだ」

寒九郎は白神地方の村人たちの暮らしが、木材の伐採や炭燻《すみや》きで成り立っているのを思い出した。

爺は浮かぬ顔をした。

「ところで、おめえ、一人か？」

「さよう。一人だ」

「じゃあ。あとからついて来る連中は？」

「なに？」

寒九郎はいま来た山道を振り向いた。

道の側の灌木《かんぼく》や藪《やぶ》に隠れながら、尾行して来る人影がいくつも見えた。

いつから、尾行されたのだ？

寒九郎は思い出した。そういえば、二ッ井村で村人たちに道の話を聞いている時、誰かの視線を感じた。その後、何度も背後を気にしたが、尾《つ》けられている気配はなかった。だが、実際は、きっと尾行していたのだ。

何者？

「爺さん、いったん、別れよう。それがし、あいつらを引きつけて、森に走り込む。それから、この道に戻る」

「この道は、もうだめだべ。そこの細道を行けばいい。少し遠回り道だが、大回りして、この道の先に繋がっているんだ」

「分かった。それからどこへ行ったらいい？　目印はないか？」

「うんだな。この川を一里ほど遡《さかのぼ》ったところに、大きな滝があんだ。そこへ行ってくれ」

「承知」

寒九郎は楓の背にひらりと飛び乗った。

楓の首を返した。獣道《けものみち》のような脇道があった。鐙で腹を蹴った。

楓は勢いよく走り出した。背後を見ると、七、八人の人影が一斉に飛び出し、追って来るのが見えた。

男たちは、いずれも毛皮を着込み、獣のように敏捷な動きだった。

道が曲がり、坂道になった時、行く手に先回りした男たちの姿があった。刀の刃が陽光を反射して光った。

「おのれ」

寒九郎は咄嗟《とっさ》に手綱を引き、右手に向けた。

楓はいななき、道を逸《そ》れて、ブナ林に飛び込んだ。

林の中は走り難い。前に張り出す枝を避け、小枝を撥《は》ね除《の》けながら、楓は走る。

いきなり、枝や木を伝わった影が、後ろから馬上の寒九郎に襲いかかった。寒九郎は腰から抜いた小刀で、人影を斬り裂いた。

人影は仰《の》け反《ぞ》って後ろに転がり落ちた。

ついで前方の木の上から人影が飛び降り、寒九郎に刀で斬ろうとした。

寒九郎は小刀で刀を打ち払い、人影の喉元を小刀で薙《な》ぎ払った。人影は喉元から血《ち》飛沫《しぶき》を上げなら、背後に転がった。

行く手の林が切れ、急に崖の上に出た。眼下を溪流が飛沫を上げて流れていた。溪流は岩場に差しかかると、流れは穏やかになり、青い淀みを作っていた。

後ろからひたひたと影が迫って来る。

何者たちかは分からないが、白神の山野の戦いに慣れた手練《てだれ》たちだった。

寒九郎は小刀を腰に戻し、躊躇せず楓を淀みに向かって飛び込ませた。楓は勇躍《ゆうやく》、淀みの中に身を躍らせた。

飛び込むと、楓も寒九郎も、いったん水中に沈んだ。すぐに楓は水面から頭を出して息継ぎをし、四肢を掻き出した。

寒九郎は手綱だけを握り、楓から離れ、楓が自由に泳げるようにした。楓は必死に馬っ掻きで淀みを渡った。

岸辺に上がった。振り向くと、男たちは刀を手に、寒九郎と楓を睨んでいた。だが、淀みを渡ろうとしない。

どこかで、狼の吠える声が響いた。

寒九郎は楓の背によじ登った。雪解け水は凍えるように冷たい。

寒九郎と楓は寒さに震えながら、山の斜面を登りはじめた。

振り向くと、男たちの姿は消えていた。

なぜか、男たちは追って来ないのだ？

楓が斜面の途中で急に立ち止まり、ぶるぶると首を震わせた。何かに怯えている。前に進もうとしない。

寒九郎は前方の樹間を窺った。

林の中に黒い獣の影が無数にあった。狼の群れだった。

楓は寒九郎を乗せたまま、斜面をずるずると後退《あとずさ》った。楓の鬣《たてがみ》が総毛立っている。

「楓、おとなしく下がれ」

楓の首を撫で、落ち着くようにいった。

そうか。追っ手の男たちが、こちら側に渡らなかったのは、狼たちがいるのを知ってのことだったのか。

寒九郎は馬上で、背負った大刀を引き抜いた。

狼たちはぞろぞろと斜面を降りはじめた。

低い唸り声が地鳴りのように聞こえる。

こうなったら、楓をまたも淀みに飛び込ませるしかないか。

一度濡れた軀。もう一度、冷えた水に飛び込むのも同じだ。

寒九郎は覚悟を決めた。刀を構えたまま、楓を後退させ、淀みの縁まで来た。

狼たちは、姿勢を低くし、三方から寒九郎と楓にじりじりと迫った。いまにも、狼たちは飛びかかろうとしていた。

楓は興奮して、後ろ肢立ちになろうとした。寒九郎は必死に楓に声をかけて宥《なだ》めた。振り落とされては戦いようもない。

突然、どこからか、また遠吠えが聞こえた。

すると、狼たちの動きがぴたりと止まった。それから、一匹、また一匹と斜面を戻りはじめた。

寒九郎は呆気《あっけ》に取られた。楓は怯えるのをやめ、盛んに頭を上下させた。

どうするか。

このまま狼たちを追って斜面を登れば、狼たちが気を変えて、襲ってくるかも知れない。かといって対岸に戻れば、またあの男たちと遭遇するだろう。

寒九郎は溪流を下る道を選んだ。きっと溪流は大きな滝の上流にあると読んだ。岩ばかりの沢を下るのは、きついが、狼の群れや得体の知れぬ男たちと遊ぶよりはいい。

寒九郎は楓の首を溪流の川下に向け、沢を下りはじめた。楓は寒九郎の指示に従い、沢の岩場をゆっくりと下りはじめた。

十

だいぶ沢を下ると、渓流は緩やかな流れになった。川に沿って獣道が出来ていた。カモシカが川の傍で草を食《は》んでいた。カモシカは寒九郎と楓を見ると、慌てて跳び退き、森に走って逃げた。

「もう大丈夫だ。よく我慢したな。いい子だ、いい子だ」

寒九郎は楓の首を撫でて労《ねぎら》いながら、獣道を辿らせた。

狼たちや不審な男たちがいたら、カモシカは草を食むこともなく、すぐに逃げる。つまりは、この付近は安全ということだ。

獣道を進む。あたりは、濃いブナの林だった。林の中には、まだところどころに雪が残っていた。

梢や枝に四十雀《しじゅうから》が群れをなして飛び交っていた。

獣道は登り坂になり、突然に林が終わった。

尾根の峠に差しかかっていた。一挙に前方の視界が開けていた。低いが峻厳《しゅんげん》な山の連なりと、なだらかな山裾が見える。

寒九郎は楓の馬上から振り返り、背後の気配を窺った。

狼たちも、追っ手の男たちの姿もない。どうやら、どちらの追跡も振り切ったらしい。

眼前のブナ林はまるで雲海《うんかい》のように、はるか遠くにまで広がっていた。

そのブナ林の雲海の彼方に、富士山に似た尖塔のような嶺を頂いた山が聳《そび》えていた。

白神山地、そして津軽富士の岩木山だ。

寒九郎は馬上で、しばらく呆然と、ブナ林が広がる白神山地の美しい風景に見とれていた。

ふるさとに帰って来た。寒九郎の心に、その実感がふつふつと湧き上がって来た。

寒九郎は深呼吸をし、白神山地の森の空気を胸いっぱいに吸い込んだ。

かすかに森の中から、水が落ちる音が伝わって来た。

森に隠れていて見えないが、すぐ下に滝がある気配がする。あの老樵夫がいっていた大滝だ。

寒九郎は楓から降りた。懐から、懐紙の包みを取り出した。紙包みを拡げ、岩塩を一摘み摘んだ。

白神山地は、魔物たちが棲む魔界だ。その魔界に入るには、身を清め、神々にお守りくださいと祈ることなしには、足を踏み入れることは出来ない。

白い塩は、宙に舞い、風に乗ってブナ林に散っていく。

寒九郎は、刀印を結んだ。大声で九字を唱えた。

「臨、兵、闘、者、皆、陳、烈、在、前！」

唱えながら、手刀で空中を四縦五横に切った。

寒九郎の声は白神の森に吸い込まれるように消えた。

再び、寒九郎は楓の背によじ登った。

寒九郎は楓の腹を鐙で軽く蹴り、道なき道を下りはじめた。木々の枝葉や灌木を掻き分け掻き分け、ゆっくりと坂を下りて行った。

やがて坂は終わり、細い山道に降り立った。獣道ではないが、人ひとりがようやく歩けるような細い道だった。

前方の森の陰から、激しく滝の落ちる音が響いていた。

山道は深い森の中に続いている。そこは、神聖な白神山地の入り口、魔界への入り口だと直感した。森は人を寄せ付けない威厳を放っていた。

寒九郎は、馬上で最後の儀式に取りかかった。

腰の大刀を引き抜いた。馬上で、大刀をおもむろに右八相に構えた。

刀の刃が太陽の光を反射し、あたりに虹色の光を撒き散らした。

寒九郎は楓の腹を鐙で蹴った。

楓はいななき、森の入り口をめざして、勢いよく駆け出した。

刀を宙に突き上げながら、叫んだ。

「南無八幡大菩薩。なにとぞ、我らを守り給え」

楓は疾駆し、ブナ林に駆け込んだ。

行く手の森が開け、突然、大きな滝が見えた。滝は轟音を上げて流れ落ち、白い飛沫を上げているのが見えた。

滝壺の前の草地で楓は止まった。

寒九郎はふと滝壺を見下ろす崖の上に、白い毛に被われた獣を見付け、息を呑んだ。

大きな狼が立っていた。

寒九郎は刀を下ろし、背後に回した。

我に敵意なし。

狼はじろりと、青い眼で寒九郎を見つめた。

寒九郎は子どものころに、その白狼に一度出会ったのを思い出した。確かな記憶だった。

白狼はじっと寒九郎を見たあと、くるりと尻を向け、悠然と森の中に消えて行った。

森の神カムイ。

寒九郎はカムイが己れを迎え入れてくれたのを感じた。

「おーい、寒九郎様」

草間の声に、馬上で寒九郎は振り返った。

後ろから草間と老樵夫の二人が駆け寄った。

「見たか？」

「見ましたぞ。白い大狼。カムイでござった」

草間は感動した面持ちでいった。

老樵夫が皺《しわ》くちゃの顔をさらに皺くちゃにした。

「お若い方、あんたは奇特《きとく》な人だなあッス。わしだって、これまで一度もカムイ様にお目にかかったことがなかったッス。あんたは森を守るために、カムイ様を呼び寄せたんだス」

寒九郎は楓から飛び降りた。

そうか。それがしの呼び掛けにカムイが応じてくれたか。

幸先《さいさき》がいい、と寒九郎は思った。

これから、何が起こるか分からないが、きっと白神の神カムイがついていてくれる。

寒九郎は軀に勇気が湧いてくるのを覚えた。

寒九郎は、カムイが消えたブナの森に深々と礼をして感謝するのだった。

二見時代小説文庫

北帰行《ほっきこう》 北風侍《きたかぜざむらい》 寒九郎《かんくろう》3

著者 森《もり》 詠《えい》

発行所 株式会社 二見書房
東京都千代田区神田三崎町二-一八-一一
電話 〇三-三五一五-二三一一 [営業]
〇三-三五一五-二三一三 [編集]
振替 〇〇一七〇-四-二六三九

印刷 株式会社 堀内印刷所
製本 株式会社 村上製本所

 ISBN978-4-576-20011-8
https://www.futami.co.jp/

森 詠

北風侍 寒九郎

シリーズ

以下続刊

① 北風侍《さむらい》 寒九郎 津軽《つがる》宿命剣

② 秘剣 枯れ葉返し

③ 北帰行

旗本武田家の門前に行き倒れがあった。まだ前髪も取れぬ侍姿の子ども。小袖も袴もぼろぼろで、腹を空かせた薄汚い小僧は津軽藩士・鹿取真之助の一子、寒九郎と名乗り、叔母の早苗様にお目通りしたいという。父が切腹して果て、母も後を追ったので、津軽からひとり出てきたのだと。十万石の津軽藩で何が…？ 父母の死の真相に迫れるか!? こうして寒九郎の孤独の闘いが始まった…。

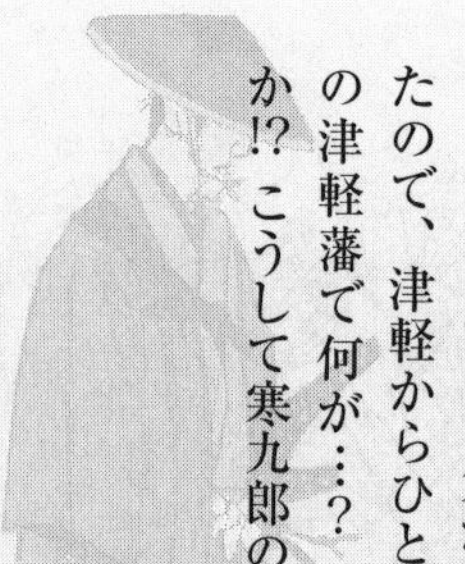

二見時代小説文庫

森詠

剣客相談人 シリーズ

完結

一万八千石の大名家を出て裏長屋で揉め事相談人をしている「殿」と爺。剣の腕と気品で謎を解く!

①剣客相談人 長屋の殿様 文史郎
②狐憑きの女
③赤い風花《かざはな》
④乱れ髪 残心剣
⑤剣鬼往来
⑥夜の武士《もののふ》
⑦笑う傀儡《くぐつ》
⑧七人の剣客
⑨必殺、十文字剣
⑩用心棒始末
⑪疾《はし》れ、影法師
⑫必殺迷宮剣

⑬賞金首始末
⑭秘太刀 葛の葉
⑮残月殺法剣
⑯風の剣士
⑰刺客見習い
⑱秘剣 虎の尾
⑲暗闇剣 白鷺
⑳恩讐街道
㉑月影に消ゆ
㉒陽炎剣秘録
㉓雪の別れ

森 真沙子

柳橋ものがたり シリーズ

以下続刊

① 船宿『篠屋』の綾
② ちぎれ雲
③ 渡りきれぬ橋
④ 送り舟

訳あって武家の娘・綾は、江戸一番の花街の船宿『篠屋』の住み込み女中に。ある日、『篠屋』の勝手口から端正な侍が追われて飛び込んで来る。予約客の寺侍・梶原だ。女将のお簾は梶原を二階に急がせ、まだ目見え(試用)の綾に同衾を装う芝居をさせて梶原を助ける。その後、綾は床で丸くなって考えていた。この船宿は断ろうと。だが……。

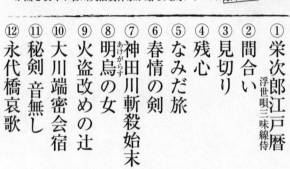